Capricornus

摩羯座

12月22日~1月19日

林小仙 著

摩羯座
攻星记
Capricornus

我们都在大大的绝望里，小小地努力着

中国出版集团 现代出版社

不要试图去讨好这个世界，因为在这世界上，你是唯一的。

愿有人疼惜你的小心翼翼和奋不顾身。愿你风雨里像个大人，阳光下像个孩子。

前　言

摩羯对遇到的挫折或许难以释怀，但是却会避免重蹈覆辙；对遇到的痛苦或许终身不忘，但是却会积极面对生活。

在成长的历程中，摩羯就算经历了人浮于事、世态炎凉，希望一次又一次破灭在人性的奸诈、煎熬中时，摩羯依然相信世间有美好。

摩羯的天真和单纯还体现在“傻”上。摩羯往往天真地把一切都想得过于美好，因此毫无防备地把自己的全部都展现出来,用真心去与人沟通就是摩羯这种“傻得出奇”的个性。

当然，看似纯洁的天真性格背后，反面也是摩羯在成熟之后，要比任何星座都冷血残酷的原因所在。

大概是因为摩羯的信任来得太干脆，爱来得太纯粹，付出来得太珍贵，所以摩羯的眼光会格外的敏锐，心思会尤为审慎。

一件小小的背叛和欺骗都逃不过摩羯炯炯的法眼，他们平静地看在眼里，内心感到的却是铺天盖地的失望、打击和震惊。明明是件无关紧要的小事，可他们却在自己的心里狠狠地插上一刀。

他们什么也不会说出来，却开始怀疑自己的付出是不是值得。但是，摩羯又那么容易原谅别人，是真正的那种原谅，所有的伤害就好像忘记了一样。所以摩羯根本不懂得什么叫报复。

摩羯小时候就对一切充满了美好的幻想，什么事情都会往好的地方想，所以摩羯的世界是个完美的世界。然后，摩羯慢慢长大，即便是遭遇再多丑陋的事情，天真依旧是摩羯的天性，总是从好的方面去看待任何人和事，就算已经受过伤害也一样。

好的、坏的，美丽的、丑陋的，感激的、伤害的……摩羯总是不动声色地看在眼里。可是鲜有人知道，摩羯在脸上云淡风轻，其实在心里早已风起云涌。

其实，摩羯可以活得再随意一些，因为谈恋爱总会选错人，上地铁有时候会坐错车，打字的时候可能拼错字……每个人都会错信一些，辜负一些，赢得一些，亏欠一些，所以谁都不需要太过自责。

如果摩羯选择谨小慎微地活一辈子，以此去承担一个别人嘴里的毫无意义的“好”字，那摩羯的生活就太没劲了。

愿摩羯依旧天真，留一个笨拙的眼神看这花花世界，用一颗天真温暖的心爱这繁华世间。

如果你爱上摩羯了，请放手去爱，用你全部的爱去爱摩羯的全部。若怕，就不要轻易对摩羯说爱，因为他们对爱很认真；若怕，就不要牵着摩羯的手，因为他们对爱会很依赖；若怕，就不要对摩羯暧昧，因为他们对爱很敏感……

摩羯的心就是一块和氏璧，他们守心如玉，并用平庸掩饰。无缘之人只看到外面的粗糙，当废品丢弃处理。只有等到一个有足够耐心和勇气的人，怀着坚定的诚心，剖开摩羯的内心，才会发现居然如此惊艳，天真无邪。

当遇到一个很好的朋友时，摩羯会表现得小心翼翼，不敢太深入。当发现这个朋友真的很好时，摩羯更会选择保持距离，生怕自己藏在心里的缺点，会在忘形时伤害到别人。

摩羯也害怕被伤害，所以习惯用一层冷漠的外表来保护自己。所以通常在表面表现得酷酷的、与世隔绝的样子，其实他们只是不希望让别人看到他脆弱的一面。

坚强、理智、甘于承受是摩羯的代名词，他们希望了解身边所有人的性格，并不是因为好奇，而只是因为他们需要安全感。

在痛苦而又漫长的成长过程中，摩羯会在与恋人、朋友，甚至亲人的对抗与磨合中换来蜕变。而神奇的是，即使经历再多的痛苦或背叛，走向极端的摩羯也很少。相反，成熟的摩羯很大度。

当摩羯逐渐走向成熟，摩羯的心就是世界上最坚强的东西。因为，他们看过太多事，看过太多结局，所以，对很多事情都不再介意了。只是单纯地在心底留下一片净土，即便受了伤害，看到了丑陋，依旧选择相信世间存在着美好。

摩羯的世界很干净，很安静，因为摩羯的心很大，在摩羯心里的人却很少。因为始终相信世界有善良美好的存在，所以摩羯才能够在大千世界中保持自己天真纯洁的心。

愿所有的摩羯，依旧能够理智地看着世界，天真地幻想着未来，冷静地对待世事，然后依旧执着地相信爱。

目　录

第一辑　如果思念有声音，恐怕你早已震耳欲聋

第二辑　可以爱得死心塌地，也可以走得悄无声息

第三辑　热闹都是别人的，只有孤独是自己的

第四辑　你最愿意做的那件事，才是你的天赋所在

第五辑　心里兵荒马乱，嘴上一言不发

第六辑　你若自寻烦恼，必能如愿以偿

第一辑

如果思念有声音，恐怕你早已震耳欲聋

摩羯对感情有高度的精神洁癖，想要摩羯接受一份自己一开始就并不看好的感情，除非天地倒转。

摩羯是比较实在的一类人，爱你就对你掏心窝的好，不爱你就一秒钟都不想见到你。

摩羯也是眼光很挑剔的一类人，上到情商、智商，下到发型、服饰，不满意就给你减分，嘴上什么也没说，但心里默默给你发个红牌。

当摩羯想念一个人的时候，他会在通讯录中找到那个人的名字，却犹豫着怎么也按不下拨通的键。即使编辑好短信，也会删了又删，迟迟不发。

世间所有的相逢，
都是蓄谋已久

摩羯很现实，很谨慎，对于感情和人生一直都有自己的规划和想法。他们认为谈恋爱不光有真爱就足够了，他们懂得现实，所以他们也常常会因为现实问题而导致错过了爱情运。

摩羯的这种基于现实的想法和做法让人很难说出对错，因此常常被误以为“绝情”。

摩羯只是希望有人理解他的理性，他们也是为两个人的未来好，也是希望一旦结婚，就能安安稳稳共度一辈子。

我永远不会去追赶你，但会默默走到你身边，
装成偶遇的样子。
如果你不邀请我一起走，那我就改道走，
大概这就是我的爱情观。

人心中都有一座城，住着一个不可能的人，那个人路过了青春一阵子，却会在记忆里搁浅一辈子。

人世间不过是一场单薄的相逢，那个人已不是恋人，也成不了朋友，时间过去，无关喜欢，只是会很习惯地想起。

你多么希望，那个你中意的人能够明确地告诉你，你和他的关系，要么让你安心，要么让你死心。

你觉得，所谓安全感，就是让别人可以放心依靠。你知道，这样的安心不是靠言语说出来的，而是真真实实的，用每一天去让人感受的。

你讨厌暧昧，你也接受不了那些若即若离、忽近忽远的感觉，你会觉得那是在消耗你的生命。

你讨厌那些不切实际的东西，所以对待感情，你总是当机立断地放弃。因为你觉得，只有这样，生活才能风和日丽，晴

空万里。

可是，人生哪有那么多的决绝和洒脱？人在最好的时光里总会犯上一些痴、一些傻。哪一段青春不荒唐？哪一场爱情不受伤？他说再多的好话也没法让你安心，他说再多的绝情话也好难让你死心。你曾经的那个“没有将就”的时候，已经变得模糊起来，就像你曾经奉为经典的句子“要么爱得彻底，要么萍水相逢”，也已经变得失去了意义。

于是你渐渐明白，没必要刻意遇见谁，也不急于拥有谁，更不勉强留住谁。一切顺其自然，最好的自己留给最后的人。

于是你渐渐懂了，在相遇之前，你也许喜欢过别人，只是那个人没有喜欢你，又或者别人喜欢你，而你没有喜欢别人。

为什么会这样呢？原来，这些错过的人、错过的缘分都只是为了恭迎那个对的人出现。你要相信，他一定会来，因为冥冥之中的缘分。

一直相信有些相逢是命中注定，就像茫茫人海中，有些人转瞬便消失在各自的生命里，有些人却能深深地烙进心底。

时光匆匆，岁月一直静静地向前流淌着，生命里的那些人

你所了解的摩羯其实都是冰山一角，真正的摩羯很少表现自己内心的一面。可能是不善于表达，抑或是习惯了隐藏。摩羯这种人可能更喜欢有自己的小世界，不会被谁打扰，也不去打扰谁。

Capricornus

来了又走了，有多少人能陪着自己一直走下去？

不必去追寻答案，唯有珍惜眼前的时刻，珍惜这些有你们相伴的日子。

时常想起这句话，有缘的人，总是在花好月圆的时刻相遇，在对的时间里明白应该明白的事，不多也不少，不早也不迟。

生命中有很多特定的刹那都像一首美丽的诗，没有起始，没有终结。因此，那挑选出来的一刹那就特别清新而淡远，特别苦涩而悠然。

要好好感谢生命中的缘分，让你遇见了某个人。

其实，生活可以很简单，看看那些没有看过的风景，走一走那些没有走过的路，在美丽的山水面前，做一个容易满足的人。然后告诉自己，相逢便是最美的缘。

只要我们曾经拥有过，温馨的往昔都会留存在记忆中，即使有一天不再相聚，也无怨无悔。

多少年之后再回首，你会感触，曾经的相遇相聚，在你的记忆中虽已不再清晰如昨，却时时被清幽的花香唤起，被纷飞的细雨淋湿，被徐徐的清风牵动，仿佛是午夜那首悠扬的乐曲，依然是我们最熟悉的旋律。

心里喜欢对方，担心对方，但表面还是一副“我好嫌弃你”“你离我远点”，“你怎么这么笨呢”的样子。摩羯就是这种表里不一的星座。

Capricornus

他的过去你已经来不及参与，但是他的未来你还是要满心欢喜地与他并肩……

只要怀着一颗感恩的心，感谢上苍让你们在人生的盛宴中相逢，珍惜每一次的相遇、相聚、相逢。你会发现，生活回报给你的其实很多。

感谢生命中的那些相逢，感谢那些在生命里出现过的人，是他们让你知道，与最后那个对的人相逢，是上天蓄谋已久的安排。

摩羯不是那种疑神疑鬼、朝三暮四、感情多变的人，也不是多愁善感的人。他的感情很稳定，也显得清淡。当摩羯决心爱一个人的时候，他就死心塌地，毫无怨言；当他得知自己不被爱时，也可以消失得悄无声息，即使是泪流满面。

Capricornus

如果思念有声音，
恐怕你早已震耳欲聋

摩羯的性格具有两面性，既自卑又自信，既理性又冲动。摩羯骨子里有伤感的成分，很容易触景生情，变得很温柔。

如果摩羯是一个人待着的，也许会发呆想自己以前的恋人或感情，常常陷入思念一个人的情绪中，难以自拔。

摩羯也不想再为过去而挣扎、努力，不想再为思念而自我纠缠，可这些都只是不想而已，摩羯实际上做不到。

雨声潺潺，像住在溪边，
宁愿天天下雨，好让自己相信：
你是因为下雨不来。

思念是一种滋味，它无形，却弥漫你整个身心，欲说还休的痛，让你神伤，是无痕的蹂躏。

思念是一抹月光，淡淡的，洒在你寂寞的思量里，曾经以为忘却，却总在浓郁的欢颜中捡拾。

思念来的时候，没有一点讯息，唇边的酒渍还未风干，已铺天盖地地侵入，急骤掠过，蔓延地肆意。

思念那样轻，不及一片云彩重，但涉千山万水随你一生，在梦的最深处，凝一眸泪水。

你那么深深地思念着他，只是被爱的人并不知道，如果思念有声音的话，也许他早已震耳欲聋了。

假如没有遇上他，也就没有以后漫长的思念折磨，你也许过着如从前一样的生活。然而，要是没有这样的一份遇见，你也不会知道，有一种情感，痛着流泪，笑着想念，却依然令人如醉如痴。

起风了，花开的声音，惊醒了你的一个已经沉睡了的梦；梦醒了，你那复苏的记忆里，有一朵思念在光阴中流浪，恍若逢了一场南柯的梦。

风吹来了满城的花香，你在一朵花里凝望。斑驳的时光里，总有一个人是你遥远的念想，可与地老，可与天荒，只是每当思念掠过时，心就会有些微微的疼。

于是你开始明白，所有的日子都会消逝，唯独思念永远崭新，在风雨以外静谧如初。

穿过时光，心一直在路上。一个人静静地看天，一个人静静地看海，与他虽只是一次相识，却站成了你一生长长的等待。

你不知道，还要走过多少路，还要经过多少风景，才能再次遇到他。

可是亲爱的，你要知道，你并不需要为此觉得遗憾，你们相遇过就已经很美好了，不是吗？

想念袭来的时候，你的心依旧在想念，你的身影依旧是那样孤单。手中握着一只素笔，只画你的长发为他飞扬，不写满地黄花等待的惆怅。

摩羯是不爱出风头，却永远保护爱人的星座。摩羯内心傲娇，但是真的挺心软的，只要不碰底线，那些在一起的磕磕绊绊，摩羯真的不会计较。

Capricornus

摩羯对感情有高度的精神洁癖，想要摩羯接受一份自己一开始就并不看好的感情，除非天地倒转。摩羯是比较实在的一类人，爱你就对你掏心窝地好，不爱你就一秒钟都不想见到你。

Capricornus

流浪中的思念，找不到安放的地方，就像你，不知道他此时在何方。

你渐渐明白，分开的岔路口，转向的不只是人生，还有缘分。青春散场，不小心遗落的碎片，扎伤的，不只是心，还有情。思念无果，终于滂沱。

那一段时光已走远，那一段记忆已泛黄，那一首歌你只能在梦里为他轻轻地吟唱。

哪怕浪漫和惊喜还清晰如昨，哪怕他和时光交织着，在你心底挥之不去。

思念，无时无刻不在蔓延。你看见天空的飞鸟，会想他；你看见地上的云影，会想他；你看到雨中的花瓣，还是会想他。

一首歌曲，会想到他；一些字眼，会想到他；一篇文字，会想到他；一部电影，会想到他；一张侧脸，会想到他；一个笑容，会想到他。

于是你这才发现，一个不小心，你也变得如此脆弱；随便一个不小心，就会踩到想他的

摩羯忧郁、保守，欠缺幽默感，常会装出高高在上或是严厉的姿态，以掩饰自己内在的脆弱。同时摩羯还兼具冷静的性格，所以这样的人不太好骗。他为人光明磊落，直来直往，心里想什么就会直接说出来，不会拐弯抹角。

Capricornus

雷，然后，让自己粉碎在对他的思念里。

是他让你明白，喜欢一个人的感觉是如此之美，你的心因思念一个人而常常绽放出花朵。

在等他出现的年月里，偶尔你也会想，此时此刻他正在做什么。

是为了赢得一场赌约而在篮球场上挥汗如雨，还是斜坐在长椅上闭眼小憩，又或在闲暇时光里读书品茗，甚至，他可能正抬眼四下张望着，而视线刚好经过你。

于是在浓浓的思念里，你的一切幸福和欢乐都要靠他来赋予，别人给的都只能是平淡或凄苦。

愿你能保护好你的记忆、你的思念。因为虽然经历了岁月的洗礼，但真挚的感悟没有磨灭，生命是短暂的，而爱情是永恒的。

你要记住，有一个可以思念的人，也是一种幸福。

还喜欢着，
只是少了
非要在一起的执着

摩羯在爱里面虽然不曾透露出什么浓情蜜意，别人也不觉得摩羯表现得如何情深意重，但其实摩羯对对方做的一点一滴都记在心里。只是摩羯习惯用平凡和简单的态度去表现所有的东西。

心里那些爱有多执着，或许也只有摩羯知道吧。因为摩羯一直都很努力，不管是在生活上，还是在感情上。

太想爱你，却还是不能爱你；
太想等你，却还是等不到你。

离别和相逢一样，都是蓄谋已久，只是前者是人蓄谋的，后者是天蓄谋的。所以，如果有人想要离开你，又何必挽留？

你会逐渐明白，所有的离开，都是不爱或不能爱；分开的你，或许还喜欢着他，只是少了非要在一起的执着。

有一种意识很清醒，爱不会再回来，只是今生还是想再为谁等一等；有一种结束是有人已经走了，有人还在等待，没有找到离开的理由。

大千世界，我们不明白为何总是会对某个人执着发呆，躲不开，闪不远，他的眼角扫过你，你的眼里从此就印上了他的模样。

等到爱成了心痛，不能再回头；等到爱成了心事，一个人后悔；等到爱成了回忆，成了擦肩而过的美丽。等到之后的你们各奔东西，等到你和他再也不知道明天在哪里。

也许只有到那个时候，你和他才会醒悟，才知道什么叫珍惜，才知道什么叫时过境迁，才知道什么叫为时已晚。

就算那时的你和他都很真诚，都抱着真心，但是，后来的你们都错过了。

也许是当时太年少，也许是当时太幼稚，以至于在最好的年纪辜负了最美好单纯的爱情。

后来，你在人海里沉浮，你和很多人擦肩而过之后不再见，也和几个人走过一段路之后不再见，更和一个人刻骨铭心地爱过之后不再见。

你已经不知道谁会和你一起走到生命的终点，那些来的人很匆忙，多数给的是一段路的陪伴。他们或是蜻蜓点水，或是浓墨重彩，最后都离开了。

于是，错过了，离开了，就成了路人。

对待每一份感情，你都满心欢喜、满怀期待。于是你爱得胆怯、消极，又没主见。

你迎接过，也告别过；等待过，也放弃过；期待过，也失望过。许多路人在你的世界来来去去，却没有一个人愿意停留不走，让你不再经受告别和失望。

只是有时候，遇见之初，你就预料到日后的离别，但是仍然不顾一切地抓住任何机会，哪怕是极其微小的可能性，你也不想放过任何可能幸福的机会。

有时候，相处时间长了，自以为可以一路走下去，但是最后还是会因为这样那样的原因分道扬镳，曾拥有的幸福转眼间成了泡影，一戳就破。

你的每一次坚持都变成了伤害，你的每一份固执都变成了笑料，你让自己变成了感情世界里的“常败将军”。

在很多年后，也许你还在故事发生的那天不肯走，也许你只是停留在上一份感情里无法自拔。只是，时光倒退不到相拥的时候，于是，你的坚持和固执，只会换来苦涩的回忆。

为了不受伤也好，为了不伤人也好，过度的坚持，尤其在感情上，留下的只有痛楚。

你仍然要相信，只要相爱就能克服一切困

难，只要拼搏就会让自己获得结果。即使见到不公与黑暗，也仍然对生活充满热情；即使遭遇分离，也仍然相信能够重逢。

只是，你大可不必拼尽全力要求自己，去做背水一战的事。因为是你的，终会属于你；不是你的，你再多纠缠也无用。

你要明白，并不是每一颗爱情的种子都可以长成大树，那一个接一个的人走进我们的生命，与我们并肩而行，又渐行渐远，再然后，便是决绝和遗忘。

当你懂得这些的时候，就预示着你已经开始长大，学会在生活和沉默之中藏起自己的心事，习惯了在回忆里辗转反侧。

直到有一天，你会发现这一切都是命运早早的安排，无可更改。你只需满怀期待地去迎接它的发生。

如果说错过的都是路人，就让你之前的错过和失望成为遇见那个对的人的筹码，让他成为你世界里唯一的永久居民，让他和你一起共享世间繁华，走过人世荒凉。

成长啊，就是你仍然相信一切美好的事物，你仍愿意为了它们去奋斗，可是你不再执着于某一句话或某一个人，当事情不如你所愿的时候，你也开始愿意去理解，以及宽容。

暗恋，
是一个人的望而却步

摩羯喜欢一个人基本上都是从暗恋开始的，他会不断地试探，通过对那个人日常的观察来了解她的想法，但不会靠得太近。当摩羯觉得别人对他有好感的时候，他会委婉地表白。

摩羯基本上是一个沉闷的群体，如果哪天他突然对某个人爆发出了强烈的感情，那极有可能是他爱上这个人。

不然，无论别人怎样表现嬉笑怒骂，摩羯的反应都不过是敷衍。

每次你看我的时候，我都假装在看别处；
而每次你看别处的时候，我都在看着你。

每个人的心里，都有自己固定的座位。不是所有的风花雪月都能入眼，不是所有人事都能蕴藏。心里的那个人，不知道他还好不好？是不是身体健康，是不是幸福快乐？

而这些，我们只能说：喜欢一个人这件事，自己知道就够了。

因为暗恋，只是一个人的望而却步。

有些东西你可能得不到，但想一想，就好像很欣慰；有些人你可能无法牵手，但望一望他的轮廓就已然满足。

有些事情可能永远没有结果，但在完成它的那个过程当中，却有一种隐隐的欢喜在支撑着自己。

这些都算心满意足，因为有心意，所以满足。

暗恋，就是心里面爱上了一个人，却不能，或者不想，或者不敢表达出来，只是将这份情这份意这份牵挂埋藏在心底。

暗恋真的好凄凉。明明是如此的深爱，却要装作若无其事；明明是如此的关心，却要装作毫不在乎；明明是如此的思念，却要装作心无挂碍。

暗恋的人真的很会演戏，他们是天生的伪装者，几乎可以骗过所有的人。本以为同样可以骗过自己，却突然发现自己早就识破了自己的谎言。

也许这一切听起来很滑稽，但暗恋的人何尝不是呢？

暗恋的人本以为自己会很坚强，但他的内心却是如此脆弱；暗恋的人本以为自己可以祝她幸福，但这个祝福是如此勉强。

终于有勇气向她表白时，她却很久都没有回复，多年后，也许他以为已经忘掉她，却发现自己的眼睛已经充满了泪水。

暗恋的人往往会面对这样的结局，明明是最纯粹的爱，却要永远埋在心底。或许，暗恋的人永远也不会失恋，但暗恋这种滋味真的要比失恋好吗？

当你再次形容他，所有的“你”字都只能用“他”来代替，这大概就是这个人最终淡出你生活轨迹的象征。想起了他，梦里的他，远方的他，只能是他的他，再没机会当面告诉他，你曾经有一箩筐的话准备告诉他。

以前害怕似是而非，面对面多尴尬。后来才知道，很多人此生都没有面对面的机会。

如果说失恋是天崩地裂，那么暗恋就如同细水长流，慢慢地吞噬你的心灵。

暗恋的感觉就如同影子一般，时时不肯离开你。乌云出现的时候，也许你可以远离他，但当乌云消失的时候，那个影子就又找到你，他就像老朋友一样，总是能找到你。渐渐地你习惯了这个老朋友。你本想就这样走下去，可你又结识了思念这个新朋友，于是，你发现自己变得深沉了。

暗恋的人往往会很伤感，总是充满幻想，希望可以等到奇迹发生，但直到他消亡，却仍没等到那天。他喜欢伤感的音乐，也许只有在那种音乐中，他才能找到自我，才能得到一丝安慰。时间长了，暗恋的人也许会希望自己可以忘掉她，但却爱得更深、更醇、更凄凉。

暗恋那种感觉就像天上的浮云一样，若隐若无，而暗恋的人的心也随着那种感觉，飘浮在天涯。

暗恋的人好希望见到心中的她，但每见一面心就更加寂寞、更加疲倦。也许不见会更好吧。

就这样你又步入了新的生活，自己的这种爱渐渐地淡忘了，陪伴你的就只有那种深沉。

暗恋一个人的心情，就像瓶中等待发芽的种子，永远不能确定未来是否是美丽的，但却真心而倔强地等待着。

他无意间说了一本书的名字，你就偷偷地找来看；他无意间说了喜欢一种香水，你就偷偷地买来喷；他无意间哼出的一首歌，你就偷偷地单曲循环。

暗恋是世界上最辛苦的秘密，你也只能不动声色地做到这里。

喜欢是八千里艳阳长天，爱是九万米冰冷深海

摩羯是比较被动的星座，相对来说不会轻易地把喜欢说出口。

千万不要以为摩羯好惹，一旦发生争执，摩羯像极了一个老干部训话，能把你前五百年、后八百年的陈芝麻烂谷子的糗事翻出来，回炉重炒，再加上自由编辑加工，让你气得跳脚还反击不了，毕竟他条条有理，还思路清晰。

愿你平安喜乐，愿你长命无忧，
若是你倍感孤独，
那么，你过来，来我身边，
月亮不抱你，时光摧毁你，可我爱你。

他不喜欢你，你故意漂亮地出现在他身边是没用的，你送他的糖是不甜的，隔三差五发的你在干什么在哪儿呢，在他眼里跟售楼短信的性质是一样的，你在状态里更新的小心思他是看不懂的，你哭得死去活来他也会不痛不痒，他是你的生活背景，而你是他的甲乙丙丁。

你喜欢他，你的喜欢就会像八千里艳阳长天；他不爱你，他的爱就会像九万米冰冷深海。

因为你不知道要经历多少次错过才能换来一次不离开，要失望多少次才能拥有一份圆满的幸福。

你已经攒下了许多次错过，也存够了失望，可是你依旧不知道上天何时才能让你如愿以偿。

最怕很久没联系的他突然留言给你，而你会因为这条留言整夜失眠；最怕他一句不经心的问候，轻描淡写，而你的心会因为这句问候风起云涌；最怕回忆在看到某个似曾相识的场景时汹涌而至，而你辛苦建立的城墙轰然坍塌。

于是你恍然大悟，有些自以为是的忘记不过是自欺欺人而已。

越长大，越孤单。小时候交朋友简单自然，可以轻易说在一起。随着年龄和阅历的增长，人与人变得谨小慎微。

有些人一个不小心转身可能就消失在人海，一个无意的不联系会促使友情分崩离析。

于是你在遇见与失去的复杂世界里茫然无措之际，最后仍希望有人在你最需要的时候陪在身边。

你最羡慕那些说了晚安就可以睡着，说了不爱就能放手的人。所以，你厌恶暧昧和拉扯不清。在你看来，暧昧是夜空的星星，明知遥不可及却又给人以光明。在黑夜中，那一丝丝微光让你感受到温暖却又不足以抵御寒冷，恋恋不舍却也无法更近一步。

在你看来，暗恋是苦涩中伴随着甜蜜，幸福中又夹杂着危机。前一秒的甜蜜愉悦随时可能成为下一秒的痛彻心扉。

所以，你拒绝暧昧，爱就爱，不爱请那个人趁早放手。

放下一个人应该是悄无声息的，不会刻意翻看他的动态，不会经常回忆他的过去；可以无关痛痒地提起他的姓名，碰见也能恰到好处地给予微笑。

曾经那么多彻夜无眠的日子不会再有，曾经爱得死去活来的日子也不会再有。

原来，我们曾如此用力地爱过的一个人，如今只需悄无声息，就能将他忘掉。

你爱的人离开你，没有什么；正如你不爱的人，你也要离开一样。爱情的美妙之处也许就在于不确定性，如果一开始就能预知结果，爱情也就失去了魅力。

想爱时争取，相爱时珍惜，不爱时放手。

不要因为一次不合适的爱而去纠结，而忘了怎么去继续爱下一个人。

不要期待“永远”，也别说“永远”，你此刻深爱，也许在遥远的某一天也会不再爱他。也许他会比你早一步到达了那一天。

所以，当他不爱你的时候，请轻轻拥抱一下回忆里的温暖，默默离开。

请你记住，对于爱情来说，最后没能在一起的，都不是最适合你的。但请不要放弃爱情和自己，你的对的他只不过是来晚了而已。

在这之前，请努力让自己变得更坚强、更优秀，当那个对的人来到你面前时，你才可以说，“我已经准备好爱情从天而降了”。

不是所有的分开都是因为不爱，也不是所有的在一起都是因为相爱。

好的爱情并不以是否在一起作为衡量标准。即便分开，倘若某一天某一个时刻，不经意间看到彼此曾经的照片、曾经的留言，你能发自内心地微笑，那一定是对过往爱情最好的祭奠。

真心爱过一个人，无论是否在一起，总是会希望彼此都好。

你来之前都是旅行，你走之后都是漂泊

摩羯喜欢自由自在，在别人看起来好像很快乐。其实摩羯座是很脆弱的，内心当中非常需要安全感，需要一个栖息之地。

摩羯有时候太过于掩饰自己内心的想法了，如果想要幸福，必须把自己最真实的想法告诉身边的人才行。你需要他们，这样能让你有安全感的人一定就会来到身边的。

我多想拥抱你，
可惜时光之中山南水北，
可惜你我之间人来人往。

有时候，这个世界很大很大，大到我们一辈子都没有机会遇见；有时候，这个世界又很小很小，小到一抬头就看见了你的笑脸。

活着，就要善待自己，别跑到别人的生命里当插曲。不管是友情还是爱情，他来，你就去热情相拥；他走，你也该学会坦然放手。

你要记住，不属于你的东西，你强求也终究不属于你；不是真心给你的东西，你伸手去接也终究不开心。

你要记住，时间在变，人也在变。有些事，不管我们如何努力，回不去就是回不去了。

所以，遇见时，请一定要感激；相爱时，请一定要珍惜；转身时，请一定要优雅；挥别时，请一定要微笑；因为一转身，可能一辈子也不会再相见了。

两个人在一起多久并不重要，重要的是你有没有在这个人心里待过。

有些人哪怕在一起一天，却在心里待了一辈子；有些人即使是在一起一辈子，却是没有在心里待过一天。

生命是一场又一场的相遇和别离，是一次又一次的遗忘和开始。可总有些事，一旦发生，就留下痕迹；总有个人，一旦来过，就无法忘记。

生活中我们总会遇到那么一个人，可以是爱情，也可能是友情，就算日后关系不再密切，哪怕将来联系不见长久，却在某一刻、某一点上经意或不经意地影响到你。

这样的人，于你的生命而言，好像天生就带着点亮、提醒甚至点化的职能。

这样的提醒和影响未必能伴随你一生，但它只要时不时跳出来，在关键时候“踢你一脚”，你也许又会在最终变成自己所讨厌的样子的路上慢上一程。

这样的人遇见即是幸运，告别却未必是遗憾，日后总会在各种各样相似的场合再想起，这种想起虽然不至于要“隔山隔海来看你”，但足以铭记最应记住的东西。

这样的告别纵使意犹未尽、颇多无奈，但毕竟，大家在感情上既慷慨磊落，又矜持有度，“出没风波里”的江湖儿女总能从容应对，并回报一个转身微笑的温暖。

真正艰难的告别，是你要面对那些已经习以为常到觉察不到，像水像阳光像空气一样习惯依赖，却在你还没有回过神来的瞬间就被上帝拿走的事实。

这样的告别和失去在当初估量起来，总以为天崩地裂、无法想象，几乎是生命不能承受之重，直到有一天真实降临，最终学会从容经历、全身而退，一如既往地过日子，体会这忽明忽暗、变幻无常的人间烟火。

不要说遇到一个人，注定要发生或深或浅甚至撕扯不清的关系，就算读一本书，看一个长剧或者电影，有时候也会被一种说不清的东西纠缠着向前拉扯，向故事该结局的地方蹒跚，就像经历一场悲喜、一种人生，好像走过一个陌生的世界，在这陌生的世界里，到处都能看见自己的影子。

有时候，你只想看一部轻松的电影，读一本逗趣的书，与一个叫自己喜欢、舒服的人多点时间在一起，到最后才发现，没有一个喜剧可以叫你从开始笑到结尾，就像没有一种陪伴，它的期限叫天长地久。

不过，就算再不相见，也要长留心间。

那个人，即便分开了，也依旧是你温暖的手套、冰甜的雪糕、带着阳光气息的衬衫、日复一日的梦想。

你和他，从此永远有距离地存在着。你既无法上前一步，陪伴他左右；也无法退后一步，重新找回朋友的支点，只能静静地看着他，默默地祝福他。

爱是当你爱上一个人，会舍去自己的自由，换取他的自由；爱是当你爱上一个人，会改变自己的人生，成全他的心愿；爱是当你爱上一个人，会愿意放开手，留下最美好的回忆和祝福。

咽 下 了 到 嘴 边 的 问 候 ，
因 为 不 知 道 自 己
重 不 重 要

摩羯是一个很看重时效性的星座，他们对爱情缺乏浪漫，显得有点古板，但足够专一和长久。

摩羯有时候会给人“没有感情细胞”的印象，其实只是因为他们对感情很理性。

实际上，摩羯是特别容易对一个人动情，并且用情极深的星座，只是在很多时候，摩羯总是不善于表达。这也导致了摩羯会错过很多他爱的人，以至于将来懊悔不已。

我不主动找你，不是因为你不重要，
而是我不知道我重不重要。

那一年的你假装经过他的身旁，只是为了偷偷地看他一眼，还害怕被他发现。

那一年的你跟他聊天到半夜，听到他难受，你就哄他开心，看到他开心，你就跟着开心，直到有一天，他对你说他喜欢上另一个人的时候，你愣了愣，说“那很好啊，喜欢就在一起吧”。

那一年的你为了他的生日几天几夜没睡好，在寒风中瑟瑟发抖只为了送他礼物，等到他出现在你面前的时候，却又什么都说不出口了。

你曾经在草稿箱里存满了要对他说的话，可是到头来却一句也没告诉他。有的时候你也想问：怎么就变成现在这个样子了呢？

说走就走的旅行可能还在，说爱就爱的冲动却再也没了。不知从什么时候起，你开始变得害怕付出，害怕受伤，害怕

“先动心的先伤心，先认真的先认命，先说我爱你的先不被爱”。

你知道，不是每个故事都有结局，或者说故事的结局根本不像你想象的那样。大多数时候原本看起来天造地设的两个人，突然间就宣布了分手，最后连句再见也没有说。

再或者明明互相喜欢，可却又猜不透对方的一举一动，最后还是没能在一起，直至错过彼此，变成陌生人。

也许你也曾为了要不要去联系那个人而纠结了许久，然而跌跌撞撞之后，你会发现：也许很多事情是可以挽回的，比如金钱，比如昨天落下的单词。但是不能挽回的事情更多，比如时光，比如你们双方彼此之间的感觉。

于是你渐渐明白，一切都是有时限的，一切也都将成为过去。

你要记住，你们会分开或者是没能在一起，不是因为你不好、不可爱、不够聪明，也不是你做错了什么，只是因为时机不对。

只是因为你们的相遇，是为了跟对方告别而已；只是因为你们都是这样一个别扭的人，别扭到永远不会先开口，别扭到可以硬是忍着不去联系对方，别扭到永远不让自己看起来先喜欢上他，别扭到明明比谁都喜欢他，却认为只有不去打扰他才是给他最好的祝福。

宁可自己憋得内伤严重，也要假装不在乎；宁可假装遗忘，也不会让对方知道其实你从没放下；宁可在他消失的时候比谁都着急满世界找他，也要在他出现的时候假装不经意。

可惜，别人永远不知道，你这个看起来决绝果断的人，其实在把另一个人放入黑名单的时候，已经是哭过、难受过才能下定决心。

别人永远不知道，你和他分手后还会默默地关注他，却又不会让他知道，你是有多么不舍得。曾经撕心裂肺的感情，后来却又不得不放弃。

别人永远不知道，从始至终都没让对方知道自己喜欢他的你，也曾有那么一瞬间鼓起过勇气，最后还是输给了等待的痛苦。

有人说，如果那个人爱你，他就会来找你。

其实那些人不知道，有的时候就是因为你爱他，因为你知道他不会喜欢你，所以你不会找他，你不想打扰他，你不想给他增加困扰，你希望他过得更好，即使是在没有你的情况下。

同样的道理，有些人对你说了好几次我爱你，也不一定是真的；有些人看起来毫不在乎你，其实你不知道他忍了多少次想要联系你的冲动。

你终会慢慢明白，有些你以为很重要的人，你不联系他，他就真的永远不会联系你。生命很短暂，别把那些重要的话憋着，会没有时间说的。

愿你依然勇敢和自信，敢面对你认为重要的人，可以说出你认为重要的话。

第二辑

可以爱得死心塌地，也可以走得悄无声息

摩羯是偏理性的星座，这种理性会让许多二十来岁的摩羯就显得很成熟、很老成，也更冷静（至少看起来很冷静）。不论是对待朋友还是家人，摩羯表现出来的是长久的耐心、平和的心态。所以不论你对摩羯好，还是不好，他都有自己独立的判断。如果他在乎你，他会为你赴汤蹈火，如果他不在乎你了，那么你再多言语都是多余的。摩羯的爱就是这种细水长流的方式，热恋感觉不是很热，可是热恋过了也不觉得冷。

时光太瘦，指缝太宽

摩羯的爱情讲究计划周详，讲究终生相守，这并不是从一次一次的恋爱中学习而来的，在摩羯初恋时，就已经抱定了这个原则。

摩羯的感情比较谨慎，很少莽撞、随便地展开追求行动。在这个充满速食爱情的现代社会中，实在显得难能可贵。

摩羯很专情，也很长情，所以有时候会因为贪恋前任，而陷在回忆里。

我真的是很傻很天真，
傻的是我爱你，
天真的是以为你也爱我。

你在川流不息的人群中，期待与谁相遇？你在匆匆而过的风景里，突然看见了谁？你在车水马龙的马路上，忽然想起了谁？那么好的阳光，那么好的年纪，你却逃不出忧伤和回忆。只是，他早已成了别人的故事，而你也不再是那个讲故事的人了。你还在难忘什么？

其实你也知道，所谓最难忘的事，就是从来不故意想起，却永远也不能忘记。

时间，虽然可以淡忘一切，却也可以让某些记忆加深。有些人，说好要忘记却怎么也做不到，有些感情走了一圈，还是回到了原点。

于是你恍然明白，时光太瘦，指缝太宽，不经意的一瞥，早已经年。

有时候你无法放下一段感情，并不是因为这段感情有多么刻骨铭心，多么让人不舍和不甘，只是你无法忘记那段美好的时光罢了。你无法忘却那个为了爱而奋不顾身的自己，因为那段奋不顾身的时光在此后余生中再也没有出现过。于是你感慨道：“旧时光是个美人呀，让人怎么恨得起来？”

青春是一个圈套，然而是善意的。青春里发生的爱情则是一个陷阱，有的人被困了一阵子，有的人则被困了一辈子。

在那时，爱情就像是你情绪的遥控器，让你快乐或忧愁，让你喜悦或悲伤；等那段感情到头时，爱情就变成了你情绪的博物馆，你总是会不知不觉地留下一些文物，或是相片存于抽屉，又或是时光存于脑海中。

在某个夜深人静的时候，在某个熟悉的街口，你会偶尔地想起之前的每一次流泪、每一次跌倒、每一次愤怒和无助，当然，也有每一次侥幸的或笃定的小小胜利。

你决定往前迈出第一步，褪去所有的青涩和稚嫩。即使第一步就崴了脚，你也没有流泪。你会苦笑、自嘲，拿鞋撒气，然后继续一瘸一拐地赶路。

你知道回不去了，于是青春里发生的那场爱情变成了一场没有终点的回忆。

而人生越往前，你越怀旧，越感念青春的那次美好。再后来，又有很多人、很多次感情从你身边来去，他们离开的速度快到连回忆都来不及留下。

你最后握住的只有青春的回忆，一屁股坐在沙发上，陷进去大半个人生，翻开影集，突然间泪流满面。

亲爱的，你要知道，时光终究会变成怀旧的颜色，然后缓缓流逝，你是你人生的作者，何必把剧本写得苦不堪言？

你终会原谅了青春里走散的那个人，也终于懂得了感激和铭记。你终于开始承认它是你青春最好的回忆，你也终于学会了和那份回忆和平相处。

于是你终于发现，感情的秘密早已在你情窦初开的时候就一把全塞到了你手里，只是那时候，你不懂得细细咀嚼。

原来，时间对每一个人都是公平的，你是

一颗果实，或许会被时光酿成酒；你是一块顽石，或许会被时光打磨。如果你主动放下悲伤，就一定会被回忆褒奖。

现在你知道了，在那些恣意飞扬的岁月里，你的每一个躁动不安的对白、年轻气盛的誓言、猝不及防的爱恋、义无反顾的摔倒又爬起，其实都藏着一颗颗饱满的种子，它让你有了回忆，有了思想，有了人格，以及变强的力量。

在下一次来势凶猛的爱情面前，你学会了保护自己。然后，一有机会，你完全可以朝着你想要的爱情和幸福一路狂奔。

所以，当你被回忆拉扯的时候，当你因为舍不得遗忘而怀疑爱情、感情受挫、孤独彷徨的时候，你要好好想想，曾经那个单纯、积极的你会怎么办？

亲爱的，往事从来就不是死胡同，它已经结束了。只是还没来得及走远而已，就像一本刚读完的书，想到某个句子就能给你温暖和力量。

如果你善待它，懂得感恩和回报，它会在你认为的人生每一个死胡同前笑眯眯地等你，并拿出一把通关的钥匙，就像拿出你小时候期待已久的糖果。

回忆像酒很美，
但你不能贪杯

摩羯喜欢回忆，尤其是美好的旧时光，那时的摩羯稚嫩得像清澈见底的小溪。

只是随着岁月的冲刷，摩羯的城府深得像大海，既深沉，又深刻。于是他会默默悲伤，不让别人看见。

如果你也爱摩羯，请你不要计较那份旧时光，因为他并不是怀念一段情，只是想记住当时那个单纯无畏的自己。

后来我们都很干脆，
你没有回头，我没有挽留。

回忆如蜜，想起的那一瞬，仿若春暖花开；回忆如箭，忆起的那一刻，宛如万箭穿心。

思念是种病，可能是对一个人的想念，也可能是对一段情的纪念，还可能是对一段情的恋恋不舍。

你要记住，不要总在过去的回忆里缠绵，昨天的太阳，晒不干今天的衣裳。

很多从我们生活里消失的人其实都是这样，你还听说过他们，但是却再也不能见到他们了。你还能想起他们，但是已经不再在意他们了。就像风吹过耳畔，水经过溪流，你还知道他们，但就连你是否知道他们，都已经变得不重要了。

感情最折磨的不是别离，而是感动的回忆让人很容易站在原地，以为还回得去。

有人说过，幸福的爱情其实很简单，无非就是在对的时

候，遇上一个对的人。这话说来简单，可是许多人，却总是在一个不那么对的时候，爱上一个看起来很对的人。到头来，徒留满身伤痕，还是只能找一个并不那么“对”的人，对付着度过余生。

爱情最美好的憧憬，总在年轻的时候来临。可是，年轻的你，太不懂珍惜。你执拗地什么也不肯说，总以为他一定能猜到；闹别扭了你总是不肯服软，总觉得一定要等他主动来道歉；肆无忌惮地向他释放着任性，却感受不到他心里默默咽下的苦。

而等到两个人终于分开了，才发现，愿意在年轻的时候，包容你的任性，读懂你的沉默，陪在不懂体贴的你身边的人，已经再也不会有了。

这大概就是生活的悲哀吧。当你终于懂得珍惜时，你想要珍惜的人已经不在。

可是，爱情，就是要陪伴在一起吗？

生活那么长，并不是只有风花雪月，也会有家长里短。你所能拥有的，无非回忆。而曾经出现在你生命中的他，带给过你如此美好而曼妙的一段回忆，让你在以后的日子里，可以时时回味——这不也是很美的事情吗？

曾经有过的美好，会伴随你一生，在记忆里熠熠生辉，再也不会受到世俗的污染，这岂不也是一种馈赠？

无论再浓烈的爱情，到最后总是一样会变淡。倒不如好好经营自己，对外表精心打扮，事业也有一分小小天地。

在感情里，收放自如不是能力，是底气。有了那样的底气，即使敏锐察觉到爱情已然变淡，也不会再想要用争吵来证明它的存在。

你知道它总是在那里，一直在那里，只要不去撕扯，就永不消失。

于是你渐渐明白，原来你什么都战胜不了，之前是命运，之后是回忆。

如果你的身边有这么一个他，愿意包容你、体贴你、温暖你，请你珍惜，因为，很可能，你再也找不到这么一个人了。

如果这个他已经和你走散，只能彼此遥望，也请你不要哀伤，放下一切，重新寻找自己的新生活。

在心底拥有这么一个人、这么一段回忆，便已经是难得的奢侈。

人要是没有回忆就活不下去，但只有回忆的话也活不下去。梦总是会有醒来的时候，不会醒的梦总有一天会变成悲伤。

回忆像酒很美，但你不能贪杯。那就请你再敬往事一杯酒吧，哪怕再美也决不回头。

每一次情路上的曲折都会让人变得越发坚强，因为生活，一半是回忆，一半是继续。

如果你和他还会被命运安排再次相遇，愿那时的你们都变得更好一些，以此证明你和他都不是彼此对的人，所以才会在彼此看不见的岁月里都熠熠生辉地成长着。

走得最急的，
总是最美的时光

摩羯是一个稳定的星座，但不是浪漫的星座。

即使在热恋之中，人们也看不到摩羯特别有激情。摩羯的一切都是四平八稳的，体贴和关心不少也不多，偶尔点缀甜言蜜语。几乎在热恋的时候，就可以想象到以后和摩羯共同生活一辈子的样子。

必须提醒摩羯座的是，凡事三思而行固然不错，可是太过谨慎、稳固，也可能错失机会。

似乎我们总是很容易忽略当下的生活，忽略许多美好的时光。
而当所有的时光在被辜负被浪费后，
才能从记忆里将某一段拎出，
拍拍上面沉积的灰尘，感叹它是最好的。

独自在街道上游荡，看着街道上熙熙攘攘的人群，那些欢笑着的脸孔，那些都是不属于你的，你只是一个过客，什么也带不走，什么也留不下。再怎样的热闹，再怎样的繁华，都与你无关。

只是他说过的话你还记得，一想起就酸酸的，原来你只是一个过客，只是搭错了他的这班车。于是你也在寒夜里感慨道："过客已经够多了，下一个，可不可以就是一辈子。"

过了很久之后，当你再想起他，他的名字，他的笑，他的一切，都只能加上一个"别人的"；再想起你们在一起的事，也只能加上一个"曾经的"。

于是你恍然醒悟，原来走得最急的，总是最美的风景。

你一直相信你和他之间是有缘分的，只是太浅而已，若不然怎会在这最深的红尘中，匆匆相遇，又匆匆别离。

但是你也知道，生活是自己的，其他人都只是路过。所以，就算你很想他为你留下来，陪你走过这山高水长的一生，但你也知道，他不能。你知道他既然匆匆而来，也将匆匆而去。

原来，青春真的很单薄，什么都很轻，风一吹，就都走散了。

在爱情里，陪伴与懂得更重要。一个人就算再好，但不能陪你走下去，那他就是过客。一个人就算有再多缺点，可能处处忍让你，陪你到最后，那才是终点。

有些感情是指甲，剪掉了还会重生，无关痛痒。而有些感情是牙齿，失去以后永远有个疼痛的伤口无法弥补。

很多人，很多事，原本是熟悉的，以为明天可以再继续的。于是转过身暂时放手，想的是明日又将重聚的希望。

太阳落下去重新升起来以前，那些事，就不可能再经历；那些人，就从此与你永别了。

在什么都不确定的年代，你总是爱得太早，放弃得太快，轻易付出承诺，又不想等待结果。

于是你一边错过，一边蹉跎，一边感慨世事无常，一边保持骨子里的骄傲。只是，你一直不愿意承认你们只是彼此生命中的过客。

其实，在这世间，总有一些无法抵达的地方，总有一个无法再靠近的人，总有一些无法继续完成的事，总有一段无法占有的感情，总有一种无法修复的缺陷。

总有一天，当你回头看来时的路，你会为自己年少的羞涩、拘谨、矜持而懊悔，也会为自己的骄傲、懈怠、小心眼而自责。但重来一次，你并不会变得落落大方、坦坦荡荡。

因为从前的动心本该如此小心翼翼，那一种心情叫悸动，那一段往事叫爱过。

爱情就是这样，总是一个人很热的时候，另一个人很冷，过一阵子，热的变冷，冷的变热，角色互换，尝到了当初对方的滋味。

也许，当两个人都意识到的时候，却已经晚了。很多人因为爱过，所以不能当朋友；因为爱过，所以更不能当敌人。于是成了两个最熟悉的陌生人。

原来，错过不是错了，而是过了。

流年似水，太过匆匆，一些故事来不及真正开始，就被写成了昨天；一些人还没有好好相爱，就成了过客。人生中出现的一切都无法占有，只有经历。

但不管怎样，你还是要相信时间的力量，它会为你淘洗和挑选。

你要知道，时光偷走的，永远是你眼皮底下看不见的珍贵。

一颗真心，无须花言巧语，久了总会知道；一份真情，无须能说会道，时间会让你看清。

你要记住，风雨吹散的是虚情，留下的是真意；时间带走的是生命中的过客，留下的却是真心人。

有时候，
爱是一种错觉

外冷内热的摩羯在两人关系里其实是很有包容心的，很容易宠坏对方，或者有那种“对方已经这么糟了，我就更应该帮助他”的心理。

摩羯为人耿直，有什么说什么，即使你喜欢我我也不太会挑好听的说。一就是一，二就是二，有自己的想法，并且还能坚定不移地坚持。

摩羯有上进心，不暖所有人，只暖自己心里看重的人。

当我们之间的爱已成往事，
最难堪的便是一切都还清晰如昨。

当你爱上一个人的时候，你常常会去翻阅他的过往，追寻着他的足迹，感受着他的喜怒哀乐，并为他的开心而开心，为他的忧郁而忧郁。

你读着他的文字，欣赏着他的才气，喜欢听他的言谈欢笑，喜欢贴近他的感觉，甚至因为他愿意与你说话而欣喜异常。

你对自己说你是愿意做他的新娘的，愿意与他携手到老，让他从此不再孤独漂泊。

不可否认，你的确对他动情动心了。只是，某一天，当他离你而去，最初，你有过思念，有过失落，甚至有过惆怅与痛楚。但是，随后的日子，你忘记得很快。

另一处风景闯入你的视野，代替了先前所有的思念，你觉得相比之下，你更爱眼前的风景。

于是你慢慢发现，原来你以为一定会相伴到老的人，竟然可以突然失去；原来你以为念念不忘的人，竟然可以很快地忘记。

你欣赏着眼前这个“崭新”的他，你一如既往地全情投入，亦如当初对先前的他一样，你付出真心的程度和温度竟是惊人的相似。

这个时候，偶尔想起先前的他，你只是笑笑，笑自己当初的幼稚与天真，你说，那不是爱，那只是自己给自己编织的情网，你喜欢垂钓爱情，钓的是自己的感觉和自己的血肉。

可是，你又如何能肯定眼前这一份感觉，就真的是爱了呢？其实，快乐的日子就像流水般飞快地流逝，却又给人永远不会改变的错觉。

或许，你喜欢的只是他头上的光环，喜欢的只是打败他身边那些仰慕者的感觉。

你始终有一种错觉，以为你的感情源自于你自己的内心。

因为年轻，你耐不住寂寞；因为年轻，你

争强好胜；因为年轻，你酷爱征服。

你用征服别人来证明着你的魅力。正如哲人所说：“你爱的不是他这个人本身，而是恋爱的感觉，你需要有一种恋爱的味道恋爱的气息恋爱的热闹充斥你年轻的生命过程，消耗你过剩的精力。”

因此，你不断地制造着爱的对象，制造着爱的感觉，你爱着爱他的感觉，爱着想念他的味道，爱着为他写情书的激动，同时还爱着被他冷落的酸涩。

这，其实是爱的错觉。

爱的错觉，让你忽略了一样，最现实的一样，那便是与他真实相守一辈子，那些平平淡淡岁月里，打情骂俏的琐碎中，那些风霜雪雨来临时，生命要承受的刀光剑影。

对这些，你没有想过，或许你想过，却只是轻描淡写地以为那很简单。

在你看来，有爱就够了。可是，面对真实的生活仅有爱是绝对不够的。

你要记住，纸上谈兵似的恋情，无异于画饼充饥；只沉浸在甜言蜜语中的恋情，是经不起时间和霜雪考验的。

爱的错觉是一场爱的作秀，在某个时候，会切割青春，会捣碎你美好的理想，然后把灰暗的色泽涂抹在你生命的天空，以至于影响到你以后的爱情观、价值观、人生观。

是的，爱的错觉往往在你的爱没有得到你渴望得到的回应时，变成怨恨，继而在某一段时间，那个你自以为深爱的人，会沦为你诅咒的对象。

大凡成不了恋人，便成为仇敌，都是爱的错觉下的畸形产物。

当明天变成了今天成为昨天，最后成为记忆里不再重要的某一天，我们突然发现自己在不知不觉中已被时间推着向前走，这不是在静止的火车里，与相邻列车交错时，仿佛自己在前进的错觉，而是我们真实地在成长，在这件事里成了另一个自己。

愿你脚步轻盈，义无反顾地走在成长的路上，愿你满心欢喜，去迎接那个只为你而来的人。

既然不回头，
何必念念不忘

情人变成旧情人，对恋旧的摩羯来说，一定有一段伤心的往事。

如果是别人弃摩羯而去，对摩羯造成的严重伤害，至今一定仍然历历在目，难以忘怀；如果是摩羯主动放弃那段情，也必定是有摩羯不能忍受或不能挽回的原因。

不论是哪种原因分手，摩羯都要往前看，就算不能雪中送炭，也不要落井下石。

一些事，只配当回忆。
一些人，只能做过客。
既然不回头，何必念念不忘。

在爱情的世界里，有些人爱了，有些人伤了，有些人恨了，但是还有一些人，他的爱从一开始就注定只能是回忆而已，因为直到现在，你喜欢的那个人，也没能知道你曾经喜欢过他。

那么，既然已经回不去了，为何你还要不断地回头寻找，就像在等待谁的到来？

你是否也曾期望，如果疼痛也能像纸片那样就好了，点上一把大火，剧烈燃烧，只疼那么一阵，然后统统都变成灰烬，轻轻一吹，就散在了风里。碎得有多彻底，忘得就有多干净！

你是否也曾期待，如果伤痕能像铅笔痕那样就好了，用橡皮擦一擦，大不了多用一点儿力气，大不了多擦几次，然后往事变得一干二净，忧伤像没有产生过一样。

只是，这都是你自以为是而已。当回忆开始煽风点火的时候，你就会发现自己是多么无能为力。

也有很多次你想要放弃了，但是回忆在你身体的某个地方留下了疼痛的感觉，一想到它会永远在那儿隐隐作痛，一想到以后自己看待一切的目光都会因为那一点疼痛而变得暗淡了，你就又胆怯了。

也许每个人的生命中，都会有这么一个人，像扎在你心里的钉子一样，时而疼痛，时而惦记。你知道那个人未必是最好的，但对你而言却是难以替代的。只是你当初爱他的时候付出了太多，多到你今后懒得再对任何人痴情。

当时，总是愿意走在他后面，就是为了时时刻刻看他出现在眼里。

现在想想，已然明白，所谓爱情，往往就在转身的一瞬间才忽而发现，爱，就是因为回头多看的那一眼，而你和他之间，也许就差了他的一个回头。他占据了你全部的心，可你却没能得到他的一丝关注。

后来，你终于能接受你和他不会在一起的这个事实。我想你唯一能做的，就是继承那些他拥有的让你着迷的品质，好好地生活下去。

和他在一起的岁月里，时光总是柔软而漫长，后来你和他分开旅行，各自生活，你有你的方向，他有他的远方。

于是，你对自己说，原来那么久，自己的感情就是一场独角戏，到最后，感动的不过是自己而已。

你还对自己说，这辈子都不会忘记，在自己十七岁的时候，曾经不计回报地狠狠暗恋过这样一个人。

如何体面地分手真是每个人的必修课，你要知道，毕竟那些丑陋的争吵，都是对曾经美好的亵渎。

你要知道，等待中的爱情，总是比正在经历的爱情要更加美好和完整，因为“期待的心”最会“添油加醋”。

你对很多大道理都明白，但总得经过失去、跌倒后，才能在痛和反省中找到自己。

我们用跌倒的疼痛换来坚定，正因为知道失去了什么，才知道该抓紧什么。所以不要害怕走弯路，不要害怕失去，任何经历都是在让你成长。

你要相信，有一种爱，不是每天都挂在嘴边，而是埋在心的最深处，一直没人知道；有一种距离，当越走越远后，就再也走不到一起；有一种感情，即使不算是刻骨铭心，但一生只有一次，永远都不会改变。

也许，多年之后的某一天，当你已经可以云淡风轻地独自看着照片回忆时，你就会明白，关于爱情，你其实应该谢谢那些没说出口的告白，以及那些终究阴差阳错没有得到过的人，正因为这样，你才得以保住了爱情的一份最初、最真实的美好。

人越长大，心越慈悲。曾经无法容忍的，也都渐渐包容。经历过遗憾的心，才倍加柔软。

因为疼痛，我们得以长大。生命中有诸多遗憾，回头想来也恍然：最疼痛的记忆，只与某个人有关。

可以爱得死心塌地，
也可以走得悄无声息

摩羯不是那种疑神疑鬼的人，也不是朝三暮四、感情多变的人，当然也不是多愁善感、神经质的人。

摩羯的感情很稳定，也因此显得清淡。

当摩羯决心爱一个人的时候，他就死心塌地，毫无怨言；当他得知自己不被爱时，也可以消失得悄无声息，即使是泪流满面。

我知道我会痊愈，会忘记你，
会爱上另一个声音温暖的人。

你忘不了的人其实不是每天都会想起的那个，而是遇到一件小事，却突然间想起来一连串当年和这个人的故事，感觉心里像中了一枪的那种感受。

曾经你以为，如果自己已经不能再拥有，那么唯一能做的，就是不要忘记。如今你才知道，如果自己已经不能再拥有，那么最好的结局就是忘记。但你依旧很固执，不懂得放弃，总是说要离开，却一再为自己找不离开的理由。

你知道，哭不一定代表懦弱，因为压抑太久了；笑不一定意味快乐，因为掩饰太深了。

所以你在别人面前笑得很开心，一个人的时候却很落寞；在陌生人面前很安静，在朋友面前很胡闹。

你知道，人都有难过的时候，心情失落就会想很多。你觉得自己有太多话想说，却无人倾听；有太多的苦想诉，却没人懂得。

所以你不会想索要太多的回报，只要一点点就可以让你死心塌地，但你也有自己的原则，回报可以很少，但一定要有。

心情不好的时候，你喜欢听悲伤的歌，这时候，就算你会悲观到认为世界上每一个人都不可靠，但却还是那样坚定地去选择相信别人；就算你忧伤地以为没有人会把自己放在心里疼，却总是要把别人往好处想。

因为你知道，有些人，看清了也就看轻了；有些事，尽心了也就无憾了。

感伤的时候，你也会偶尔有想消失的念头，所以你经常不经意地发着呆，然后把忧伤拖得很长。

你不喜欢一个人逛，却总是一个人逛街，因为你害怕麻烦别人；你不喜欢等待，却总是在等待，因为你舍不得让别人浪费时间。

所以你一点都不担心失去，对于得到却是

满心欢喜。因为你知道，失去的不再拥有，即使拥有了，也不再完美；过去的不再继续，即使继续了，也面目全非。

你喜欢胡思乱想，一点小事就能辗转反侧，但你也知道走自己的路，然后坚强面对；你习惯了隐藏心事，喜欢一个人流泪。

面对那个在乎的人，再大的不愉快都换不来你的大吵大闹。你会选择冷战，会选择角落，你习惯蜷缩，然后莫名地爱着孤单。

因为你知道，难过只是一时，好好爱自己才最要紧，因为还要继续生活下去。

故事只是故事，生活仍在继续。当所有情感深埋心底的时候，眷念的也许只是一份深情。彼此的情缘，相遇时已错过。光阴背后，一个人走。

时光很凉，记忆很冷。你要相信，终有一天，一切终归平静。

能让你伤心的，都是你在乎的人；带给你痛苦的，全是你认真的情。

就算他曾经很爱很爱你，可那不代表他可以永远那么爱你；就算他曾经很需要你，可那不代表他没你不行。

你要知道，感情的上风位置不能永远是他给的，有一天他不再爱你，你就成了下风，他不会发短信告诉你，你要自己去察觉。

你舍不得，要看值不值得；你放不下，要看有没有机会等来回应。

你要记住一句话：爱你的人，不会让你痛；想你的人，不会让你等。

你要知道，在感情中，追来的很累，强求的不美。想你的人，总会主动找你；不想你的人，找了也是不睬不理。

愿你能够平静地爱这个世界和自己，愿你有等下去的勇气和能力。

世上有很多无能为力的事，比如我爱你

摩羯其实是一个外面坚强而内心极度脆弱的星座。可是摩羯不会因为打击、失败、痛苦、伤心、悲哀而轻易地流出眼泪。

摩羯的笑容时常挂在脸上，可是又有多少人能看见笑容里那转瞬即逝的悲伤呢？谁又能察觉到摩羯心里那一丝的落寞呢？

摩羯心里有很多话想说，可是想来想去还是没能说出口，因为摩羯心里明白，说出来又会怎样呢！

我想给你一切，可我一无所有。
我想为你放弃一切，可我又没有什么可以放弃。
钱、地位、荣耀，
我仅有的那一点点自尊没有这些装点也就不值一提。

很久以前，你也想过很多次以后的情景，你想过有一天你终于放弃他的时候的样子。你以为你会在某个晴朗的早晨，醒过来的刹那发现你不再喜欢他了，然后开始你的新生活。

可是直到今天，你才意识到自己错了。

其实是在你准备好去开始新生活之后，在平凡无奇的某个日子里，在某一个平凡无奇的时刻，你乍然发现，你竟然已经忘记他很久了。

这种乍然是很悲哀的。你总以为你与他的感情是伟大的，所以你也以为这份感情的消失也该是一件轰动的事情。然而事实上，它的消失是悄然无声的。

于是你终于明白，其实你的爱是渺小的，是不被重视的，你的回忆是可以不去反复想起的，你的疼痛是可以淡去的。

可是即便如此，即便只是曾经喜欢过，可那是这辈子唯一的一次，能够如此死心塌地、掏心掏肺地真实地喜欢。这种喜欢，你也许此生都不会有第二次了。

那时候，他微小地波动一下情绪，就会造成你的泪流成河。那时候，他何止是你的上帝，他简直是你的全部。他掌控了你一切的喜怒哀乐，也因此钳制了你所有的思念和回忆。

最难过的，莫过于当你遇上一个特别的人，却明白永远不可能在一起，或迟或早，你不得不放弃。

关于他最近的生活，你已经不再那样感兴趣了；关于他对自己的印象和态度，你也不再期待了。他依旧是他，或者懒散，或者浪漫，但终究不再与你有关。

你已经不会再向别人宣布你对他放弃了，某年某月某一天的某一个时刻，你清晰地发觉，你不喜欢他了。

曾有一段时间，你以为能够不再喜欢他会让自己变得更快乐一些。然而事实是，当你意识到自己已经不喜欢这个人的时候，你的内心一定是悲凉的。

于是你这才意识到，原来自己最害怕的事情不是他不喜欢自己了，也不是忘不掉他，而是自己不再喜欢他了。是呀，放弃一个深爱过的人，该是何等凄凉的事情啊！

也是在那一瞬间，你终于发现，那曾深爱过的人，早在告别的那天，已消失在这个世界。

于是你终于明白，有些人是可以丢失的，有的感情是可以放手的，有些事情是可以遗忘的。

如果仅仅是因为自己爱着一个不爱自己的人，而且还不愿意放下，就不要将其视为命运为你安排的劫难。

不要忽略自己的心情，那是一种你对内心世界和外在世界的感受，是它们让你的青春有了色彩。

我们是什么样的人，在别人看来根本就是无关紧要的事情，别人对你怎么样你就对别人怎么样，不要跟着别人的舆论走，越来越偏离自己。

你要记住，既不要自作多情，更不能妄自菲薄。

有缘未必情投，情投未必意合，意合未必

能在一起。兑现不了的承诺，不如不给；无法善待的人，不如不爱。牵得起的是手，牵不起的是心。

有些人，孤独一生都不愿错爱；有些人，一生守候只为一个人。爱就好好爱，别错过；爱就好好爱，别欺骗；爱就好好爱，别放手。

生命，或长或短；岁月，或浓或淡。即便生如蜉蝣，也要爱得绚烂。

若是真爱，就别错爱；若是真爱，就用心爱。

有些事，明知是错的，也要去坚持，因为不甘心；有些人，明知是爱的，也要去放弃，因为没结局；有时候，明知没路了，却还在前行，因为习惯了。

愿你最终能够学会放弃：放弃你不想做的事，放弃你不擅长的事，放弃你做不到的事，放弃你得不到的人。

第三辑

热闹都是别人的，只有孤独是自己的

摩羯执着的感情和事情，从来都只是他自己一个人知道，没有人会知道原因，也鲜有人能完全地了解他。因此摩羯的执着是辛苦的，也是孤独的。

摩羯表面上好像很乐天知命，其实他的灵魂还蛮辛苦的。所以他很懂得别人的苦，因为他的感受性太强了，所以他能够感受到别人的情绪，而别人的情绪会引动他的灵感，所以通常他可以一眼看穿旁边的人正在为什么事情而苦恼。摩羯是最懂人性的星座。

哪有人喜欢孤独，
不过是害怕被辜负

很多人说摩羯是刻板、无趣的，其实摩羯只是认为爱是要用实际行动来表现，鲜花可能枯萎，情书可能会遗失，海誓山盟换不来安居乐业，只有让爱人衣食无忧才是真正爱的表达。

听起来，摩羯式的爱情是有点俗气，但是不可否认，他是踏实的，是靠谱的，只需一个懂他的人出现，来接受这份实实在在的爱。

思维的孤独是你智慧的保护罩，
感情的孤独是你情绪的防护圈，
因为孤独，使人免于伤害。

一个人的状态其实挺好的。一个人开始新的一天，没有不确定，没有不安，因为没有期待；一个人上路，没有方向，没有归期，因为没人等待；一个人独坐，没有忧伤，没有烦恼，因为没有思念。

一个人听歌，没有灯光，没有人打扰，那一刻，一切都静止了；一个人回家，坐在车上看两旁的高楼如浪一样袭来，又消失在视线中。一个人的雨季，没有伞的日子，学会了奔跑，学会了躲避，学会了淋湿，学会了不在下雨天生病。

一个人有种莫名的安全感，难怪有人说，不介意孤独，比爱你舒服。准备好自己，爱情，自然会来。

人生就像蒲公英，看似自由，却身不由己。生活是一种自我心态的调整，人生中有太多的过客，不管你有多么的不舍，过客始终都是过客，总有一天会离开的。

不必过分在乎离开的人，也不要刻意去在意他人的事。这世上，总会有人让你悲伤、让你咬牙切齿，并不是他有多坏，而是因为你很在乎。

很多人的心里都存着一个大大的错误：总是自以为是地在“总以为”中滋生。

总以为你对他很好很好，他也就会对你很好很好；总以为离开他，自己就能过得很好很好；总以为说不爱了，就能马上把他从生活中消灭干净；总以为自己足够坚强，以为自己刀枪不入、百毒不侵。

事实上，无论你怎样积极，负面情绪一样会不时地袭击；无论你怎样阳光，孤独也会如影随形。

无论如何，不能让某个人成为你的全部。若是有一天他离开了，你将一无所有。

人们伤心，不是因为爱情结束了，而是因为当一切都结束了，爱还在。

如果，你在孤独中伤了、痛了、哭了、累了……那么你一定是笨笨地依赖了别人，依赖了别人的爱。你一定是忘了自己，忘了好好爱自己，忘了只有自己的身体和灵魂才是最值得依赖的。

一边经受着磨难，一边成长，经过了无力的挣扎，熬过了悲楚的难耐，就会心定自若，就不会怕一个人，也就会对孤独心存喜欢。

孤独不同于寂寞。寂寞是一种空虚的叫嚣，是一种需要冲破的束缚和困境，而孤独应该是圆润的，应该是愉悦的，是一种心甘情愿的远离。

是呀，哪有人喜欢孤独，只是害怕那浓浓的深情被辜负，变成了冷冷的寂寞。

敢于孤独，才会放下让自己难过的感情，离开那个让自己伤心的人。也正因为不怕孤独，所以感情中那些反反复复的伤害，是永远不可能发生的。

你要相信，既然长情也有被辜负的时候，那么也总会有一些想念被成全。

孤独，可以很轻，也可以很重，它可以是

利器，毫不留情地划开自己，直面血腥，也可以是温柔的手指，轻轻拨开真相遮掩的面纱，微笑相待。

青春里的孤独，是一种渴望，从一个隐秘的渠道，去探索自己，与自己对话，完成口头对话中遗漏的重点。

在感情世界里保持孤独，是一种态度，站在一个骄傲的位置，去讨好自己，与自己握手言和，实现情绪的和宁、心态的安稳。

有些人注定被辜负，而我们也注定会有爱而不得的人。但是，还是要相信世界上所有美好事物的存在，相信美好的爱情，相信可以幸福的自己。

我们都是时间的宠儿，所以，总有一天，在某个不经意的路口，遇到对的人，然后，幸福一生。

所以，亲爱的，不要着急，时光会给你最好的疼爱。

about，幸运

数字：8　16　26　35

颜色：咖啡色

星期：星期六

场所：温泉　图书馆
娱乐场所

花卉：紫色郁金香　天竺葵

旅居国及地区：
墨西哥　希腊　马来西亚
新加坡

爱好：园艺　钓鱼

需要一百个理由才死心，只需一个关心就可以继续

摩羯不在乎别人的眼光，自己在乎的人除外。他会固执地坚持着自己所认定的，甚至不惜为了在乎的人，去负尽天下人。

摩羯对一个人很好的话，会永远不变，就算那个人对他伤害很深，但只要认定是朋友，那个人一句话，就可以化解摩羯心里的结，让摩羯把不开心的回忆埋在心底深处，然后继续表现得若无其事。

我已经很累了，
可我还是想要再等一等再决定放不放弃，
万一呢？

有一种期待，是会难过得像死掉了一样的。于是，你就算拥有了一百个死心的理由，却只要有一个关心出现，你就会心甘情愿地期待下去。

可是，回忆也有荒芜的一天。等到心都碎了的那天，你终于知道，你等的不是别人给的答案，而是自己的死心。

若即若离的爱情就像命运一样在逗弄你。当你绝望时，闪一点希望的火花给你看，惹得你不能死心；当你平静时，又会冷不丁地颠你一下，让你不能太顺心。

只是你非要到撞得头破血流的时候才肯承认，他其实并不爱你。只是你怎么也无法理解，自己大好的一个人，为何会栽在一段没有希望的爱恋里？

刚开始时，你只要每次想到这些，心都会像玻璃碎了一地一样。更可恨的是无数次会想到对方，哪怕只是听到一首一起听过的歌，吃到一样一起吃过的东西，看到曾经一起看到过的风景，甚至只是一句相同的话、一个相似的表情……

于是你不得不无数次地克服一切困难、不顾一切自尊地去挽回，直到面对一个无法收拾的尴尬局面，直到面对一个没了尊严的答案，你才能恍然醒悟。

原来，无论多么爱一个人，也只能爱到某种程度。因为当思念长久地落空，你早晚会绝望。

每一份感情，你总是掏心掏肺去面对，却得不到领情领意的善待；你一直倾心倾情去守候，却等不来良心发现的回头。

你曾以为，痛不过是感情，伤不过止于心灵。认真到死心塌地，却输得一败涂地；专一到不留余地，却冷得忘了哭泣。

于是你渐渐地明白，期望着被看重，只会被排到最后；抱着希望而来，只会带着失望而归。

于是，为了不再被辜负，为了不再失望，你渐渐地沾染上了“孤独”的“瘾”。

其实很多时候，你并不惧怕孤独，只怕身边和心里都空空荡荡，没有温度。

于是，为了对抗孤独，也为了习惯孤独，你逐渐变得少言、沉默，变得嘴笨、只会傻笑。

其实你心里什么都有，就是嘴上不会说，所以憋屈自己；有的事你早已知道答案，就是不想点透，所以折磨自己。

只是旁人不知道，嘴笨的人，心是最真诚；傻笑的人，情是最执着。

只是旁人不知道，如今冰封的心，曾经是最热烈；如今看似无情的人，曾经是最深情。

对那个伤过你的人，你却舍不得伤害他，甚至还会带着笑去原谅；你顾不得心疼自己，总是含着泪去祝福别人。

因为你知道，一些感受只能交予自己的心，揉进泪；一些感情只能止于唇齿，藏于心。

于是你逐渐明白：一份真心，经不起一再伤害；一份专情，受不了轻视对待。泪水，是会说话的表情；心疼，是看不见的寒冷。难以焐热的心，不值得疼；不知珍惜的人，不值得等。

你要记住，失去的风景，走散的人，等不来的渴望，全都住在缘分的尽头。何必太执着，该来的自然来，会走的留不住。

在人生的路途上，最好的感情，不是大起大落、大喜大悲，而是一杯温水，不随外界变幻而更改，不因岁月迁徙而转移，给你的是永恒的温暖。

爱过的人，要记得；给过的情，要承认。对那些曾经喜欢自己、向自己告白的人说谢谢，记得他们的真诚与付出。

亲爱的，你要记住，生活中没有过不去的难关，生命中也没有离不开的人。如果你不被珍惜，不再重要，学会华丽地转身。你可以哭泣，可以心疼，但不能绝望。

今天的泪水，会是你明天的成长；今天的伤痕，会是你明天的坚强。

在爱情上能让摩羯主动的人，都应该载入史册，还是那种烫金的史册，因为实在是太难得了！

内心戏很足，嘴里话不多，但心里早就给你打分了，而且还不是六十分制，在他这里，少于100分，都是不及格。

可以把“我要杀了你”和“我特别爱你”用同一个表情表达。

与其他11星座的关系

最欣赏的星座——金牛

最信任的星座——白羊

最佳工作搭档——水瓶

最容易被影响星座——天秤

最易掌握的星座——水瓶、白羊、狮子、天蝎

最需注意的星座——双鱼、双子、天秤、射手

100%协调星座——金牛、处女

90%协调星座——双鱼、天蝎

80%协调星座——摩羯

同类型星座——巨蟹、白羊、天秤

对宫星座——巨蟹

对宫星座是指180度对面的那个星座，而非指对立、对抗的星座，更不是相克的星座；相反，是潜在有共通性、一致性的星座，或者说是最需要对方能量补济的星座。

拥有摩羯是什么样的体验

认真工作已经无法形容摩羯了，他是较真工作！

遇到问题总是先想办法解决，而不是受情绪控制。

其实摩羯也可以做中央空调——制冷的那种。

“否定别人”和“否定自己”同时进行。

经常在别人不知道的情况下把别人拉黑，一句解释都没有。

岁 月 有 的 是 时 间 ，
让 你 遇 见 更 好 的 人

摩羯不怕孤独，有时候也会想去依赖别人，却从来不曾真的去依赖，因为他们已习惯独立、孤独。

摩羯总是很任性，有一股固执的孩子气，即使是错，也会坚持己见。

摩羯凭感觉认定所有的人和事，生性胆小又害怕失败，但同时又表现出坚韧的一面，所以总是一边坚强，一边忧伤。

孤独的人，不必总觉得生命空空荡荡。

上天总要你腾空双手，才能接住更好的一切。

也许你结束一段恋情已经过了很长一段时间，也许你到如今还没有遇到那个让你怦然心动的人，也许一个人的孤军奋战已经让你有点难过和难堪，甚至你有时候会去羡慕别人的爱情。这个时候，你需要告诉自己，其实也不必羡慕别人，自己也可以轰轰烈烈，只是上辈子欠了岁月一个人情，岁月要让你多等待，磨炼你的心性。

你要相信好事多磨，因为越是迟来的幸福越能让你知道等待与珍惜的来之不易。

人生就是这样，总是把最好的留在后面，如果你急着去将就，那么它就让你遗憾不断；如果有耐心等下去，它就让你惊喜连连。

最好的安排，是时间给予的，自己掌握的。时间会替你摆平生命中的负能量，也会带走你放不下的一切。你要不急不躁耐心地等。

在这个世界上，最英勇的事情不是奋不顾身地勇往直前，而是走一段路程后观看一段风景，学会与自己对话，用自己觉得温柔的方式照顾好内心。

在生活中，你想找一件物品时，翻遍了家中所有地方都找不着。而当缘分足够、柳暗花明时，你曾经翻箱倒柜寻找的那件物品却会不经意间出现在你的面前。

爱情也是如此，往往你越是渴望拥有的时候，越是遇不到对的人。即使贪图温存在一起，也是爱得两败俱伤、头破血流。

顺其自然的爱情最好。不必伤心，不必费力，缘聚则爱，缘灭则离，彼此温柔地说再见，分开以后还能做朋友。

可是，最难过的爱情是，突然有一天，你曾经撕心裂肺爱着的人突然爱你了，可是你却对爱情麻木了。

值得庆幸的是，你还年轻，你有的是时间去等待。这世上一切孤独的等待你都等得起，因为你相信，未来的某个日子，那个人会穿着你最喜爱的格子衬衫、帆布鞋，摘一朵你最爱的栀子花，笑眯眯地递给你，然后温柔地对你说："不好意思，让你久等了。以后的日子里，我陪你走过春夏秋冬，陪你花好月圆，陪你细水长流。”

匆忙的时光能做的，并不只是单单地让你遗忘一个人、一些事，它也可以是见证者，见证你的成长，见证你所有的孤独是为了破茧成蝶，见证你花费力气与青春的等待没有白费。

孤独的人就像一只蝴蝶，破茧成蝶前，总要经历一段寂寞不安的时光。

你只有在一个人的时光里让自己变得足够优秀，才有资格来说单身的骄傲，边等边找。不要再沉湎于往事了，因为你拥有的只是当下以及明天。

时光无言，赐予我们孤独与寂寞，让我们淡忘了许多，也习惯了许多。

感谢生命中曾经一个人的行走吧，它让我们学会怎样来温暖自己。

亲爱的，我们内心都是孩子，外表的强大只是为了防止被欺负。

所以你更要耐心地等待着一场爱情，边等边找，像年少时，等果子成熟时，去山坡上摘野果；像生病住院时，等着身体赶快好起来，去大餐一顿；像第一次住校时，害怕黑夜，等待着天明；像求职的第一天，害怕上班迟到，早早地等待着公交车；像父母生日时，为了给渐渐老去的他们一个惊喜，提前好几日准备礼物，就等着他们生日的到来。

你看，这些等待都是有盼头、有希望的，都是能够实现的。

所以，你要相信，现在寂寞的一个人生活只是为了让自己遇见更好的人，为了不将就着生活，为了能有更好的选择。

我们每个人都会遇见陪自己走过一生的人，不必因寂寞而凑合着恋爱。亲爱的，你一定要相信，在还未老到无能为力之前，你永远都等得起一份对的感情。

亲爱的，你不必害怕，岁月有的是时间，让你遇见更好的人。

愿他的故事绿水长流，也祝你的孤独择日而止

当别人在极力讨好摩羯的时候，他会选择逃避，可他们自己都不知道在逃避什么，只是本能地想要逃开。

当别人把摩羯冰封的心解开的时候，他会从被动变为主动，并且变得尤为敏感。

胡思乱想、胡搅蛮缠的恋爱会让对方疲于应付，当对方放弃了，自己就难以释怀。你要知道，摩羯不是不想爱，而是不会爱。

在感情上我们都不是好演员，
我藏不住喜欢，你演不出热情。

一场彼此心动在乎过的爱情，一场彼此付出憧憬过的爱情，即使难逃苍凉分离的结局，也无法掩饰其开端的华丽，更不会影响其过程的美丽。

只是分离是结局的结局，宿命般的结局。一声叹息，一声无奈，既让人心碎，又让人失神。

原来，爱是一场孤独的旅行，开始之前是孤独的，深爱时是孤独的，分开了依旧孤独。

有这么句话：一场爱情过程和结局都有了，再去纠缠，连自己都觉得贪婪。

其实你知道，你的念念不忘并不是贪婪，而是眷恋。因为你始终相信在这世界上，有些人，有些事，有些爱，在遇到的第一次，就注定像一棵树一样，生长在心里，生生世世。

这种生长既与结局无关，也与过程无关，只是一种注定，就像注定你和他会相遇一样。

你对待感情始终保持着简单又专一的态度，简单得一目了然，简单得藏不住秘密，藏不住忧伤，更藏不住分离时的彷徨。

你清楚地记住他说过的每一句誓言，但这不是为了追讨，只是你非常相信他说出誓言时的真诚。

原来，孤单不是与生俱来，而是由你爱上一个人的那一刻开始。

一个曾经爱过你的人，忽然离你很远，咫尺之隔，却是天涯。有时候很难用语言表达。人总是需要一些温暖，哪怕是一点点自以为是的纪念。

于是你渐渐明白，感情有时候只是一个人的事情，和任何人无关。

这个时候，爱，或者不爱，只能自行了断。

当你下定决心离开一个不对的人的时候，你用不着再向他交代你的行踪，你无须再强迫自己和他一起成长或不成长，你不必再听他唠叨，你不用再迁就他，你不用再向他说甜言蜜语。

因为从前你为他做过这一切，而你竟然在努力之后，依旧感到无比孤单，你会逐渐明白，原来即使是孤单一人，也可以很快乐。

你要相信每个人都有一段独行的时光，或长或短，都是无可回避的过程。或许，孤独是因为你值得拥有更好的。

这个时候，孤单是一种境界。

你可以一个人走遍世界，结识不同的朋友。你也可以选择下班之后，立刻回到家里，享受自己的世界。于是你慢慢发现，很多人，不是你想留就能留住的。

原来，爱情是一百年的孤寂，直到遇上那个矢志不渝守护着你的人，那一刻，所有苦涩的孤独，都有了归途。

人生的旅途中有太多的岔口，一转身也许就是一辈子。在上一个路口你们还熟悉彼此，在下一个路口你们或许就陌生了；有些人，抓住了就是抓住了，错过了就是错过了，最多只能说情深缘浅。

总有一天，你也会离开，从他的世界里退出来。就算那时的他笑得像指缝间的阳光一样温暖和美好，却是你永远抓不住的。

你要知道，有些人在不经意时相遇，有些事在不经意间开始，然后，再在不经意的时光里渐渐走远，直到消失不见。

原来，曾经亲密无间的两个人，会连路人都不如；原来，如此关心爱护的两个人，也会彻底地失去联系。

每个人都是孤独的个体，学会坚强，学会勇敢，学会拿得起，就能放得下。

感情会浓，也会变淡。即使有千般不愿、万般不舍，也阻止不了它的离去。

时间的沙漏沉淀着无法逃离的过往，记忆的双手总是拾起那些明媚的忧伤。青春的羽翼，划破的是伤痛的记忆；昨日的泪水，激起的是心中的涟漪。

当流年已成过往，当物是加上人非，当感情变成疲惫，就愿那个人的故事依旧绿水长流，也祝你的孤独能够择日而止。

摩羯宝宝

大字报

容易被感动，容易被说服，但不会让你轻易知道。

最大的优点和缺点都是，说不爱，就不爱了。

假装不需要疼爱，其实内心敏感又脆弱。
细节控，任何小细节做不好都会发火。
既不屑与人为伍，又害怕与众不同。
可以在黑夜里，陪你等天亮的人。
一言不合就面瘫。

初一看觉得他有点儿花心，细一看觉得他很冷漠，再近点看才知道他心里很温暖。

人前高冷霸道没所谓，
人后温暖体贴心思多。

对待不喜欢的人：

“你别过来，我不想和你一起玩。”

对待不合适的人：

“嘿嘿，咱们最好连开始都别有。”

把爱与恨演绎到极致，

爱你时，可以为你撞南墙，

不爱你时，能把南墙推倒，压在你身上。

对待不熟的人，摩羯是大写的高冷和 who cares?

对待亲近的人，摩羯是疯子一样的神经病和 come on!

他不能做你的诗，
正如你不能做他的梦

摩羯表面上好像很乐天知命，其实他们的灵魂很辛苦。

摩羯能够感受到别人的情绪，而别人的情绪会引动他的灵感，所以通常他可以一眼看穿旁边的人正在为什么事情而苦恼。

摩羯是最懂人性的星座，表面看起来很世俗，其实骨子里很清高。

哪样比较孤独：
是活在自己的世界里谁也不爱，
还是心里爱着一个人，却始终无法靠近？

有时候，听到一些人在一起三年、五年甚至更久，可到最后还是分手了，旁边的人总是不免感叹一句：真可惜！

几年的耐性和青春，都交付给了另一个人，手牵手，坐过了无数的地铁站，却终于在某一站，走向了各自的单行线。

他不能做你的诗，你不能做他的梦，归根结底，你和他注定都是这大千世界里的独行者。

人与人接壤，能述说的仅是片面辰光，一两桩人情世故而已。能说的，都不是最深的孤独。

可是，即便你们没有在一起，但已足够让人羡慕。

因为至少在很久以后再提起往事的时候，你可以说，在你的青春里，有一个足够认真的人，陪你走过了几年的光阴，在彼此的生命里，没有谁被当成是一个过客。

好几年都执着地陪着一个人，其实，大部分人都没有这个耐性，以年为刻度，去为一个人反复磨平自己的棱角，哪怕磨破了自己的坚持，血肉模糊。

很多人，有过的只是短暂如烟火的感情，分开之后他所不甘心的，或许只是在他的青春里，肯为一个人那么认真过，却仅仅被当成了一个转眼可忘的过客。

其实这世上，爱和被爱都不难遇见，难的是遇见合而为一的相爱。就像张爱玲所说，也许你很幸福，因为找到了另一个适合自己的人，也许你不幸福，因为可能你这一生就只有那个人真正用心在你身上，而你们却注定要错过。

想一想，这世上究竟有多少人，因为害怕拒绝而不敢伸出双手？又有多少人，因为不愿主动而错过了爱情？

后来你终于明白，原来每个人拥有的都是这样的遗憾青春，没有兵荒马乱，没有动荡不安，不外乎遇到这么个人，经历三两件事，走过了该走过的风景，错过了该错过的缘分。

关于爱情，大概每个人都有话要说，或温柔，或寂寞，或难过，或孤勇。因为，每个人的青春，或许都难逃一场徒劳无功的暗恋，也都要经历一场有缘相遇却无缘白首的错过。

但是你要知道，一个真正爱你的人，不只是能为你不顾一切的人，还有那个肯为你耗尽年华的人，那个愿意陪你走很远的路的人，那个哪怕自己磨破了脚，也愿意陪你走下去的人。

你们陪彼此走过了好几年的光阴，你们在最美的青春里彼此拥有过、认真过，这已经足够让人羡慕，哪怕你们没有在一起。

或许那时的你，已经不再纠结谁还欠谁一个拥抱。那时的你，已经能够明白，爱情，既是在异性世界中的探险，带来发现的惊喜，也是在某个异性身边的定居，带来家园的安宁。

但探险不是猎奇，定居也不是占有。好的爱情，一定是双方以自由为最高赠礼的洒脱，以及决不滥用这一份自由的珍惜。

相信每个人的生命中，总会遇到那样一个人，经得起光阴的濯洗，时光多姿多彩，他却不言不语，默默地陪伴着你的烟火流年，从心动，到古稀。

当这个真正对的人出现的时候，你会发现，

找到一个对的人，是给自己最好的奢侈品。

感情里真正最难的，莫过于耐性吧，那就是，愿意给彼此多一点时间，包容对方的一些小缺点，一起走过一段很长很远的路。当最初的激情退去，又有多少人会愿意给身边的人多一点时间，就像最开始一样？

不是每个人都有机会经历一次多年的长情，亦不是每个人都有那种幸运，在你最年轻、最灿烂的年华里，有一个人，愿意牵着你的手，耐着性子，陪你走过一站又一站，哪怕，最终你们还是被时间打败了。

热闹都是别人的，只有孤独是自己的

摩羯非常重视人与人之间的规则，一旦摩羯发现大家都不遵守规则，只是拿规则来限制自己的时候，经过内心的痛苦挣扎之后，摩羯就会将所有感情和软弱一脚踹开。

当初摩羯有多大的克制力让自己遵守规则，那么现在的摩羯就有多强的铁腕来自己制定规则，哪怕是付出孤独的代价。

这是平时的摩羯——“。。。”

这是激动的摩羯——“。。！“

摩羯内心独白

我已经暗示你我喜欢你了，难道还要我开口跟你表白吗?

我这么骄傲，不是因为你不重要，而是我不知道我在你心里重不重要。

我才不是升级版的处女座，

处女座只是对别人挑剔，

我是对别人挑剔，对自己更挑剔。

很多人离开另外一个人，就会失去自己，
而你却一个人度过了所有。
于是你的孤独，虽败犹荣。

有一种孤独是：你和大多数人一样时，觉得孤独；当你和大多数人不一样了，仍然孤独。

还有一种孤独是：在你需要别人的时候，你遍寻不着；在你不需要别人的时候，你自给自足。

其实，孤独没有什么不好，使孤独变得不好，是因为你害怕孤独。

在通往未来的路上，每个人都是孤独的旅行者。

你万箭穿心，痛不欲生，也仅仅只是你一个人的事情，别人也许会同情，也会嗟叹，但永远不会清楚你的伤口已经溃烂到何种境地。

你唯一能把握的是成为最好的自己，不去抱怨，不害怕孤独，处理好寂寞。

错过了一些东西，你才能知道什么是重要的。很快，你会经历孤独和寂寞。

你会发现孤独是你摆脱不了的东西，它会在某个时刻突然找上你。不管你身边的朋友是多还是少，不管你被人群围绕还是一个人独处，你都能感受到孤独。

你会觉得热闹都是别人的，只有孤独是自己的。

即便是热恋中的人也会这样，他们同样也无法接受孤独，无法忍受好友们都分散各地，无法接受三天两头的分离。但在和孤独的相处中，你会开始逐渐长大，也开始明白，大多数人都会经历这种阶段。

很多时候你会觉得和人相见恨晚，交朋友对自己而言再简单不过，但还是免不了发现一些性格上的不合，或者就是逐渐失去联系。

于是你明白，结交朋友其实不难，难的是变成知己。

孤独不是一件坏事，我们之所以觉得孤独

难熬，是因为我们都没办法一下子找到和自己相处的办法。但其实能有段时间和自己独处终究还是幸运的，这并不意味着你没有朋友，相反正是因为这样你才会有真正属于你的朋友。

因为你有时间去想自己要什么，你身边没有那么多熙熙攘攘的声音，你可以听到自己，你可以问问你自己到底要什么，或者不要什么。

因为了解自己这件事，大多都留在了独处的时间里。

也许你也曾迫切地想与一个人好好聊聊，不是寒暄，而是真正的交流，却发现共同的话题更换了无数遍，熟悉的人早已不再拥有曾经的情怀，于是你被无数个“哦”“好吧”打败。

于是，你这才明白，不合群只是表面的孤独，合群了才是内心的孤独。

在与孤独的战争中，你除了武装自己的内心，并且从精神上占领高地之外，还需要正视孤独。你不能害怕它，并且要找到一件你可以全身心投入的事情。

一个人孤独生活的最大好处，就是越来越平静，对各种事情越发游刃有余，觉得再难的事也能度过。

这种自信和力量，是一天天从生活里挤出来的，你会痛苦，但也不用再害怕你站的地方突然崩塌，因为你走得很坚实。

在经历孤独的同时，你的生活圈子也会开始改变。你可能会和一些人变成知己，和另外一些人分道扬镳，很可能最后留下的并不是你之前觉得会留下的人。

这时候留在身边的人大多经过了时间的洗礼，如果你们还能保持联系，什么话都聊，没什么顾忌，他们是时光替你筛选的缘分，你要懂得珍惜。

无人分享心事，无人一起远行，无人站台守候，无人窗前絮语。久而久之，想说的话堆积在胸口再也说不出来，想做的事成为一张备忘录，早已分不清主次。别人看你越发稳重、波澜不惊，你看自己却是寡言少语、触目惊心。

其实孤独并不可怕，只要你学会了自己与自己对话。

愿你能享受孤独的时光，愿你成为一个寡言却心有一片海的人。

有一种思念，叫避而不见

·

摩羯碰到喜欢的人一般不会主动表白，只是做一些事情，引起对方的关注；当对方注意到的时候，摩羯又会显得特别扭捏，想要爱又逃避爱。

其实这是对自己的不自信造成的。不相信对方会在意到渺小的自己，也不相信对方真的爱着自己，于是，做着一系列是与非的题目，搅乱了原本很爱自己的对方的心，也搅乱了自己的心，爱胡思乱想的摩羯，自己断送了爱情。

思念一个人的滋味，有点苦，有点甜；
等待一个人等待到绝望的感觉，
有点失落，有点痛。

你曾以为，爱一个人可以是心里暗暗的，并不需要对方清楚。

你曾一直希望，能以一种默默等待的姿势告诉他，你对他的感情是认真的，可以经受时间和距离的考验。

若不是想到可能会永远失去这个人，若不是因为这份爱过于沉重，你也不会在脑海里、在梦里反复念起他的名字。

若不是又一次在梦中呼喊他的名字，并且从梦中惊醒，或许这份感情会永远是一个秘密。

当你默默地想念和为他祝福的时候，你从来都是幸福的。

那些过往，那些共同拥有的细节在此时会一一变得无比清晰，仿佛触手可摸，却明明相隔万里。

是不是藏得越久，感情就会更加浓呢？在他离开之后的日子里，思念像野草一般疯狂生长。

可即便如此，思念对他而言，毫无力量，你没法让他回来，就像当初你没法留住他一样。

有时候，人首先要有告别的勇气，才会有幸福的可能。如果你没有失去他，便也不会遇见另一个他。

面对过去的那个人，将来终会有一天，你会抛开浓妆与亮丽的衣服，简简单单地去见那个曾让你撕心裂肺的人，而你的心不再起任何波澜，不再期许，也不再怨恨。只是像老朋友那般，微笑着说一句“好久不见”，坐下来聊上几句，毫无暧昧的情愫，不再细数过往的对错。

你会礼貌地说再见，没有不舍，没有回头，坦然地化解积攒了那么久的委屈与放不下。

那时候的你，也许从未那般真切地希望与庆幸过，这个人已不再属于你。

错过的不怨，爱过的不恨，曾经的一切，你终会一笑置之。你勇敢地向前走，安宁地去生活，不再对谁隐瞒，不再因为谁而否认。曾经的你确实深深爱过，后来的你终于让这一切过去，诚实且坦然。

有一天，当你再想起他时，不是沉默或哽咽，而是微笑淡然地讲述，那便是你在他那里得到的最好的成长。

人总是害怕告别，不知道那将意味着多少遗憾、多少懊悔、多少眼泪，更不知道到时候是不是能舍。

其实，如果细细想想，人生也许无所谓告别，不过是毅然转身，换到下一段旅程，然后，在某一天突然知道，有一种思念，叫避而不见。

人的一生，都有一些说不出的秘密、挽不回的遗憾、触不到的梦想、忘不了的爱。而时光的残忍也正是在于，它只能带你走向未来，却不能带你回到过去。

尽全力和留不住，放开手和舍不得，爱下去和不可以，这世界有那么多的纠结，习惯就好。

其实经过之后自然就会明白，在你、我以及所有人的生命里，这些都只不过是路过必经的一程而已。

于是你似乎等了一百年忽而明白，即使再见面，成熟地表演，不如不见。

人生总有许多巧合，两条看似平行的人生路，也可能有交会的一天。人生同样总有许多意想不到，握在手里面的风筝也会突然断了线。

其实，那些曾经爱过的人，他们只是提前下了车；而那些所谓的伤害，后来想想也挺好的，至少在一个懵懵懂懂的年纪，教会了我们要试着放手。

爱情总是在不经意间伤害了很多人，不要问谁对谁错。缘来，遇见，唯美了时光；缘去，放下一念执着，不用让忧伤凌乱了发梢。

记住那份美好，给自己一片阳光，迎接生命的下一个行程。

于是在某一刻，你会渐渐明白，爱情原来就像开慢车，急不得，缘分自会有它的安排。既然注定要分开，那么，天涯的你和他只要各自安好，是否晴天已不重要。

最终，当你真心相信一切都会好的时候，一切就真的变好起来。

第四辑

你最愿意做的那件事，才是你的天赋所在

天生沉默寡言的摩羯，其实性格天生比较温和，对这个世界的欲望也没有特别多，只是希望能够好好地过太平日子。心地善良的他，对于别人的请求都尽力去实现，也很少麻烦别人。

有一句话很适合摩羯，“人善被人欺，马善被人骑”，当摩羯经历了一定的苦难之后，他就会明白，自己一定要努力有更高的追求，才不会被人欺负，这些创伤教育成了他追梦的动力。这种努力成为更好的人的愿望，成就了摩羯优秀的品质。

你最愿意做的那件事，才是你的天赋所在

摩羯的内心非常叛逆。能压住他的人和事，都是他心甘情愿和十分渴望的，如果摩羯不在乎，那么不论这个人多么优秀，不论这件事多么有利可图，都无法让摩羯心悦诚服。

能够打动摩羯的，都是摩羯内心渴望得到的。摩羯如果能够驾驭好内心的这种“渴望”，无异于拥有了超乎想象的动力之源。

对摩羯而言，找到愿意做的事情，遇上想去爱的人，才是他实现梦想的动力源泉。

每个人都是如此，
太过简单的不愿意相信，太过复杂的又理解不了，
最后一无所知。

大多数人的一生，要求其实很简单，做着自己喜欢的事情，与自己喜欢的人在一起，便是莫大的幸福。然而实现它并不容易。

时间会告诉你，你是如何失去一个愿意用生命爱你的人；时间也会告诉你，那段难挨的日子你是如何走过来的。

没有人愿意被关在牢笼里，问题是给你一片无边无际的天空，你是不是真的敢要。

很多时候，你看似忙碌，实则迷茫，你不清楚自己真正喜欢的是什么，你所做的是随大流，是按照别人对你的期许和要求去做事情。

你要知道，一辈子像这样活下来，常常是，在最有意思的时候没有意思地过，在最没意思的时候想要有意思地过，结果却再也过不出意思。

还有一些时刻，你正忙于自己的喜好，并且会觉得乐此不疲。你可以没有全世界，却唯独不能丢了自己的喜好。当你沉醉在自己喜欢的事情里，时间对你来说都消失了。

你可以将精力与时间投注其中，不计功利，甚至不强求一定要有个结果。你的喜欢是纯粹的，如孩童般，对一切保持好奇与尝试。

每每被问及值不值当，你可以开心地笑着说："生命本充满了不确定，它让我感到快乐，在做它的过程中，让我感觉整个生命都是精力充沛的。它能让我沉浸、纯粹投入，感到兴奋。"

这样的体验本身就是收获，不是吗？

有人说，做自己喜欢的事不会累。有所喜好的人，会在一天的劳累工作后，费心思去琢磨研究一道桌上菜肴，侍弄一下花花草草，会在深夜读书写字……

对于喜欢这些的人来说，去做它，不是苦差，而是生活的调剂，是让身心放松的方式，又怎么会觉得累呢？

你要知道，人往往是在追不上的时候才去追；在味道尽去的时候才想品；在人生的大片美好支离破碎后，才去捡拾一些碎片，拼凑美好。

所以，去见你想见的人，去做你想做的事，趁一切还来得及。

不管什么天气，记得带上自己的阳光，不管什么遭遇，记得装满开心的童话。

人生苦短，弹指一瞬。日常的重复，让人产生错觉，会认为一切都来得及，会有时间开始做自己喜欢的事情。

年轻时，大多数的人开始给自己制订时间计划，最开始你需要友情和爱情，谈几场不计后果的恋爱，做几次脑袋发热下决定的事。

只要你愿意为自己的前程努力，世界会给你惊喜；只要你肯为自己想去做的事情殚精竭虑，那么你就会看到自己的天赋所在。

你要知道，你走过的路，仍有人走着；你看过的书，还有人看着。他们笑着你笑过的笑，流着你流过的泪。

但是你是与众不同的，因为你比别人懂得选择，并且懂得成长的意义。

所以你也知道，自己对人类最大的贡献，就是让自己幸福起来；自己对自己最大的贡献，就是让自己内心强大起来。

你会发现，真正的强大不是因为你战胜了全世界，而是接纳了真实的自己，并且遵从自己的心愿。

有人说，真正的自由不是想做什么就做什么，而是不想做什么就可以不做什么。

在成长的过程中，每个人都会迫于外界的因素，做一些不是那么喜欢的事情，或是按照自己不是很喜欢的方式与节奏去做自己喜欢的事情。

这个时期，我们需要做的便是守住自己的初心，坚持住心中的梦想与爱好，等待实现的时机。

你会发现，人一旦有了想要的东西，便再也不会轻易选择放弃。

喜欢一件事，你就开始去做吧。即使此时此地只能把它当成业余爱好，你坚持去做了，点滴积累，有一天，它会成为你的专长，成为你可以靠之养活自己的看家本领。

你要相信，你最愿意做的那件事，才是你真正的天赋所在。

愿你一生清澈明朗，做你愿意做的事，爱你愿意爱的人。

被骗不是因为傻，而是因为心甘情愿

摩羯永远是伤敌八百自损一千的典范，自以为刀枪不入，其实只是被伤了不吭声而已。

没有什么星座可以治得住摩羯，如果摩羯愿意让你欺负，不是他真的怕你，而是珍惜；如果有人愿意对摩羯付出真心，摩羯会加倍地回报；如果摩羯愿意被你欺骗，那是摩羯心甘情愿的，因为他在乎。

美好的事物，就算是谎言，也值得相信。
很多时候，我们被欺骗，
不是真的因为傻，而是因为心甘情愿。

没人会在意你过去的那些幼稚与慌张，你的孤独与惆怅；没人会责备你的年幼与无知，你的不羁与张狂。

时光荏苒，是那些经历教会我们成长。

以前总是想留住身边每一个人，后来发现，不管是从小玩到大的伙伴，还是新认识的朋友，其实你都不必强求。

愿意在你最不堪时陪着你的，愿意和你一起挺过难关的，愿意泼冷水让你清醒的，你赶都赶不走，而那些天长地久说说而已的，你也根本不必留。

愿意比什么都重要，也比什么都来得长久。

自己情愿干的事情，多苦都不会觉得苦；自己不愿意干的事情，多容易都不会觉得轻松。人生很多苦，都是不自由之苦。

有一种人的痛苦在于：命运给了他萝卜，可是他却偏偏喜欢白菜。

就像感情，有时候你愿意原谅一个人，并不是你真的愿意原谅他，而是因为你不愿意失去他，不想失去他，唯有假装原谅他。

人生犹如一场马拉松比赛，能够获得最后胜利的人，不会是一开始就用尽全力的人，也不会是半途而废的人，而是能够在比赛过程中找到一个坚持的理由，支撑自己跑到终点的人。

原来，最好的人生不是一马平川没有障碍，而是跨过或者绕过路障继续向前；最好的际遇不是不受伤，而是带着伤口依然愿意奔跑；最好的天气不是永远都是艳阳天，而是尽管现在滂沱大雨，太阳明天依旧会跳出地平线。

很多事你不愿意去做，因为有难度；很多代价你不愿意付出，因为害怕没结果；许多错误你不愿意承认，因为担心负责任。

可是你要知道，很多时候，正是因为你不愿意，你就变得越来越弱，甚至变成了自己讨厌的样子。

你要知道，只有当自己不会被眼前的崎岖险峻吓倒，只有当自己知道想要什么的时候，你才不会太早放弃，才会知道自己应该努力坚持。

当然了，仅仅愿意是不够的。爱情、友情、成功、幸福、远方……要想得到这些，你还要付出一定的代价。有时候因为这个代价太大，所以很多人选择中途放弃，寻求另一条出路，但总会有一些人甘愿当别人眼中的傻瓜，无论付出多大的代价都要坚持到底。

而结果往往出乎意料，最初看似巨大的代价根本比不上最后的成功，所有人都会认为这是一笔划算的交易。

你会明白，因为愿意，所以你也愿意努力，努力和愿意是相互“鼓劲”的。

遇到困难和痛苦的时候，你可以找到千百个理由要自己放弃，别人也会以各种方式让你知道自己不可能会成功，却很难找到一个可以让自己坚持下去的动力。因为看不到希望，才选择放弃。

若在放弃之前就看到了希望，相信很多人都愿意坚持。然而，希望往往隐藏在困难之后，只有熬过艰难的人才能看见希望，才能走向成功的终点。

可是因为你愿意，你愿意为这次的煎熬买单，你愿意承受坚持带来的痛苦。

有时候希望就在转角处，只要我们再坚持一下，再多走几步，就能看到。相信天无绝人之路，上天总会给你一些希望，只是有时候你被绝望蒙蔽了，才会早早地原路返回，看不到即将出现的希望。

成功需要坚持，不要给自己找放弃的理由，而是要找一个坚持的理由，鼓励自己要继续走下去，希望就在眼前，成功就在不远处。

最美的感情就是：他愿意骗你一辈子，你愿意让他骗，同时还愿意和他一起让谎言变成誓言。

最美好的生活就是：你愿意做一件事，并且甘愿为之努力，同时还愿意因为这些坚持和努力，让这件事变成一件美差。

原来，世间最美的词是“我愿意”。

最美好的时光，
才刚刚开始

摩羯是活得孤独的人，他们喜欢孤独，也不害怕孤独。

摩羯内心安定又兼具智慧，对待感情、事业和对待金钱一样冷静，但同时他们也是异常感性的，所以尤为害怕伤害和辜负。甚至宁可自己孤独，也要努力避免被伤害的可能。

摩羯不会让别人看见自己的软弱，所以痛了不会发泄，只会深深地藏在心里，独自承受。

时间真是个神奇的东西，
不管多荒唐的事物，
只要加上漫长时间的跨度，
似乎就变得格外合乎情理。

每个年龄段都有它的美好之处，只要坦然接受岁月的洗礼，活在当下，用心感受每一刻，做自己喜欢做的事情，就会忽略时光的流逝，全然享受每一刻的愉悦心情。

你在此处失去，会在彼处得到，人生就是得失循环的过程。

你要知道，生活中总是会出现孤独和烦恼，但是这些孤独和烦恼不是让别人来可怜你的，而是给你机会，让你发现更强大的自己。

人的一生当中，也许有对的时间，但绝对没有不对的时间。

你要知道，现在就是最好的时间，毕竟，只有这一刻才是你真正拥有的。不管你生活中的事情是井然有序，还是有些很紧急的事情，那就是你生活的现状。

所以不要把事情往后拖延，等着最佳的时间去做，因为也许这个最佳的时间根本就没有。

其实，每个年龄段都有它的美好，只要珍爱生活，能够做自己喜欢的事情，每个年龄段都会散发出独特的光芒。

年轻的时候，你寻找爱，寻找喜欢的人，寻找喜欢的事情。你在磕磕绊绊中成长，在迷茫中寻找同类、追逐梦想。这一段旅程多数时候是孤独的，然而这段时光也是非常珍贵的。

你要记住，青春稍纵即逝，绝对挥霍不得。

世界上，唯独骗不了的，是你自己的心，它总在你最没提防时，暴露你的欢喜忧愁。有时候不是不信任，只是因为你比别人更在乎，更怕失去。

不要忽略对当下的珍惜，走好眼下最坚实的那一步，前面才会海阔天空。你要知道，有些事现在不做会遗憾，有些路现在不走会遗忘。

对于陪在你身边的人，你常常也会觉得与对方不太适合，当然你也能说出很多不适合的理由，可当别人问你“什么人适合你”的时候，你又茫然不知所措。

其实，不论是友情还是爱情，最终持久的是守出来，而不是比出来的；是经营出来的，而不是前一个后一个换出来的。

你要记住，时间终究会证明一切，来日方长。

关于生活，你也会偶尔感到担心：今天若是挥霍了，明天凭什么美好？

于是，你为了省钱不买的那条裙子，等到今后有了钱再穿，年纪已经不适合了。你拼命学会了他爱的那首歌，可是他却不想听了。

这个世界上什么都会过期，时间不是你放进冰箱就能保鲜的东西，它只能被当下的你握紧，不为思考明天而踌躇，不为盲目改变自己而浪费。

接着，你又开始为爱情着急，年轻的时候，害怕爱得不长久；长大了，又害怕爱得不真诚、不专一。

于是，在你年少的时候，一个人想走进你的心，是一件轻而易举的事情，而当你长大受过伤害之后，再有人想走进你的心，可能要付出血流成河的代价。

这个世界上，最好的爱情是恰逢花开。遇到了，一定要珍惜，然后好好去理解爱、享受爱，其他的，就抛给时间去处理吧。

不要悲观地看待生活，更不要自以为是，很多事情不要自以为刚开始就已经看到了结局，许多的一念之间，离结果还是非常遥远的。

仔细想一想，人世间，没有真正的痛苦不堪，也没有真正的难以忍耐。把握住每一个当下的心平气和，你会发现，其实是没有什么真正值得生气的事情。

青春固然可贵，拥有吹弹可破的肌肤和性感的身材，然而容颜易老、青春易逝，多修炼自己的内在气质，才能抵挡岁月的侵袭。

如此，随着时光的流逝，我们增长的不只是年龄和皱纹，更是智慧和从容。

只有充满智慧，让内心的世界变得强大，我们才能笑对时光，才能在每个年龄段开始时，对自己说一句：最美好的时光，才刚刚开始。

再好的朋友，
也经不起你的过分直白

摩羯忧郁、保守，欠缺幽默感，常会装出高高在上或者严厉的姿态，以掩饰自己内在的脆弱。同时摩羯还兼具冷静的性格，所以这样的人不太好骗。

摩羯做事光明正大，直来直去，心里想什么就会直接说出来，从来不会拐弯抹角。

虽然太过直白的行事风格往往让摩羯陷入到某些关系的僵局，但和他相处久了就会发现摩羯其实非常真诚。

不要说，分开以后还会想念；
不要说，伤害了还能做回朋友。
离开一个地方，风景就不再属于你；
遗落了一个人，那人便与你无关。

亲人、朋友只有一次缘分，无论这辈子能相处多久，都请好好珍惜。下辈子，无论爱与不爱、喜欢与不喜欢，都不会再见。

慢慢地你就会知道：真心对一个人好，不一定有回报，而你忽略的人，可能对你最真。很多东西是可遇而不可求的，很多东西，一生只能拥有一次。

越是相熟的朋友，见面少了就越思念；越是相熟的朋友，你一有错他就越毫不留情地告诉你；越是相熟的朋友，不开心时他想起的第一个人就越是你。

很熟的朋友，能有一两个已经足够了，已经很幸运了，实在不必太多。朋友之乐，贵在那份踏实的信赖。

你要知道，对于朋友的失望，大半来自对方的言和行达不到自己对他所要求的标准。而我却认为，朋友是不能要求的，一点也不能，因为我们没有权利。

朋友在一起要畅快舒坦无负担，聊得来很重要，不只是因为你们有共同话题、你们是同类，更因为你愿意去倾诉，对方也愿意倾听。

愿意去倾诉本身就很难得，因为人们都在逐渐学会沉默。不用强行找话题，不用时刻担心说错话，不会最后无话可说只能玩手机，偶尔沉默时也不尴尬。

然而你常常会因为过于放松而口无遮拦，因为过于想要表现亲密而忽视了禁忌，也因此不小心伤害到了最亲密的朋友。

请你回头想想，是否有时候，你对朋友说的话特别直白、毫无顾忌，而朋友因此欲言又止？是否有时候，你对朋友说话特别爽快，口无遮拦，而朋友因此沉默不语？

其实，说得好听点，别人会说你性格很直爽，但说得难听点，是你的情商不够，完全不顾及别人的感受。同样是一句话，赤裸裸地出现在别人面前，和包装后再出现，效果完全不一样。

你要记住，再好的朋友，也经不起你过分的直白。

生活中有很多过分直白的人，当着众人的面指出朋友的缺点，为人父母者在饭局上对孩子发难，老师当众批评学生……他们说完这些话，通常会很占理地跟另一方说："我很直白，不喜欢拐弯，请你谅解。"只见另一方尴尬地笑笑，其实心早已成了两截。你要知道，虽然很多伤害都不是恶意的，只是因为你表达的方式不对，但你的过分直白，却在不经意间损伤到了最美好、最单纯的感情。

朋友只是朋友，不要以为他是专属你的宠物，或者你是他的父母。太刻薄的语言只会伤了和气，没几个人会当那是逆耳忠言。

互损为乐，一时觉得亲密无间，久之细想，那些刻薄怕是捅人的刀子，无形中将你们间的感情一刀刀抹去。

不要以为真正的朋友不会在意这些，不要以为真正的朋友永远不会失去。

人生中，观众向来比朋友多。观众只会让人从视觉上舒服，朋友却会让你内心感动。

朋友不是天天见面，吃喝玩乐，相互吹捧。而是懂你，在精神上、灵魂上支持你、鼓励你、帮助你，在你有所不足时指正你。

你要记住，关心不需要甜言蜜语，真诚就好；友谊不需要朝朝暮暮，记得就好；问候不需要语句优美，真心就好；爱护不需要某种形式，温暖就好。

你该懂事了。不能因为一点小事就和亲人朋友冷战，无论错在谁，你都应该主动摆出和解的态度。

不要再高喊“我是这样的人”“我就这性格改不了”。狭隘和坏脾气真不能被如此包装并滥用。

你应该相信，你能成为那个主动化解冰封的人，而你的举动则会让自己和对方从尴尬中解脱，并得到温暖。

不屑于与他人为伍，却又害怕与众不同

摩羯很奇怪，他们一方面喜欢与人保持距离，另一方面又担心被别人认为是异类。

逃避是摩羯的习惯，他们对自己渴望的东西总是先退到一边，似乎毫不关心，然后突然扑上去。他们没有很强的适应能力，却有天生的领悟力。

摩羯喜欢以自我为中心，常常给人“只许州官放火，不许百姓点灯”的印象。

如果你和一大群人一起行进，
而你的步伐与节奏完全不同，
那必然是因为你听到了完全不一样的鼓声。

有时候，你不禁感叹，人和人真的不一样，每个人走不同的路，吃不同的饭，想不同的人，看不同的风景，经历不同的事，最终成为不同的人。

所以，真的不一定要强求自己去懂每一个人，对于那些特立独行的人，你只需安静地陪着他，什么都不必说；对于那些不懂自己的人，也报以理解和宽容。毕竟，不是所有的鱼都生活在同一片海里。

人的一生会遇到各种各样的人，你不能期待每个人都会如你所愿，不同的人，不同的性格，不同的思维，不同的行为。正是有这样不同的人，人生才会拥有各种精彩。

你浪费掉了太多自以为是又狼狈不堪的青春。那里，有笑有泪，有自信有迷茫，你伤人也被人伤，难免颓废与寂寞；也许你会坚信自己与众不同，坚信世界因你而变。

你以为自己长大了，但却发现，长大需要更多的勇气、责任、坚强及某些妥协。在生活面前，其实也许你从未长大。

生活里，多的是你接受不了的事，多的是你理解不了的人，更多的是与你不同路的灵魂。

其实每个人都与这个世界有隔膜，只不过大多数人选择适应这个世界。特立独行、与众不同，在这个从众的社会里成了另类的字眼，但不可否认，总有人在另类地生活。

或许别人无法理解或接受，但请你学着尊重他们。

既然每个人都不同，为何要去嘲笑那些不合群的人？既然你和别人不一样，为何要害怕与众不同？

你要知道，这世上的每个人都和别人不一样。为什么不敢承认你和众人不一样，而去攻击那些敢于和众人不同的人？

你要记住，那些敢于不同的人，必定是有可取之处的人；那些不合群的人，必定是自信之人；那些总是独自行走的人，必定有着强大的内心。而那些总是混迹于人群中的人，似乎大多没什么本事，久而久之丢掉了自己。

毕竟，世上没有谁是和别人相同的。既然都不同，为什么不去尊重那个敢于不一样的人？

合群没有错，只是要合该合的群而已。比如你是一个英语很好的人，让你在篮球队合群，此时的合群，就相当于慢性自杀。

可是，那个英语好的人，在篮球队如果不被尊重仅仅是因为他不会打篮球，那么你将会在他走进英语圈时，失去一个很好的朋友，或者后悔自己当初没有善待他。

所以，不论是在学校里还是在生活中，对那些不合群的人，不要排挤他，给他一些充分的空间。

也请你知道，保持独立的人格和孤独的思考，是你一生的必修课；也请你记得，每一个特立独行的个体，都是伟大而值得尊敬的灵魂。

真正的人生，是内心郁郁葱葱蓬勃灵动保持对生活的热爱；真正的碧水，是内心坦坦荡荡从从容容保持宁静祥和。那些高低起伏，那些曲折坎坷，只是为了引领你去看一处与众不同的风景。

人要先学会从众，再学会与众不同；先学会复杂，再学会简单；先学会爱自己，再学会爱别人；先要求自己，再要求别人；先学会适应环境，再学会独立。

与众不同的你是幸运的，何必让自己变得与别人一样？

无论何时何地，你都要明白，你是活给自己看的，别把别人的评价看得太重，凡事只要于心无愧，就不必计较太多。那些肤浅的赞美，是阳光中的尘埃，迷惑你的视野；那些非议与诅咒，亦是麻醉你的毒药，终会让你乱了心智。

无论路途多险，步履维艰，也切勿被动地改变自己，唯如此，你才可能会与众不同。

得不到的，
不如送它一程

摩羯就好像一颗榴莲糖，只有恋爱的时候才是甜的，甜过后就是忧伤。

如果摩羯被分手了，他也能很快冷静下来，理清自己的思路。

摩羯最擅长的一招就是自欺欺人，“我才没爱过呢，我只是和自己较一会儿劲而已”。

咖啡苦与甜，不在于怎么搅拌，
而在于是否放糖；
一段伤痛，不在于怎么忘记，
而在于是否有勇气重新开始。

人这一生要走很长很长的路，沿途必定要经过很多风景，其中当然不乏让你怦然心动的美丽风景。但你要清楚，不是所有你喜欢的风景都属于你。

有些风景，你只能是路过，只能是欣赏，然后，要毅然决然地继续向前，走自己的路。

只要你愿意走，踩过的都是路；只要你不回避与退缩，生命的掌声总会为你响起。

也许，这是你第一次遇到这么美丽的风景，这里的鸟语花香、风和日丽让你产生了错觉，以为这就是你寻寻觅觅终于找到的港湾，你想在这里放松身心、休养生息。

是的，这里曾给了你那么多的阳光、那么多的美好、那么多的快乐、那么多的梦。但是，你没有想到，这里也会有季节的变化，春天终究抵不过时间最残酷的脚步。

萧瑟的秋风终于还是来了，它吹落了红的花、绿的叶，吹走了歌唱的鸟、飞舞的蝶，也吹走了你心中的阳光。温暖渐渐离你远去。

也许，即使这样，你也不忍离去，你舍不得那曾经的美好、那曾经的梦。你幻想着，春风能再次吹开那爱的花朵，让爱的阳光再次温暖你的心房。但你知道不知道，这只是你的一厢情愿，你再怎么努力，也唤不回春天，因为，这里的风景原本就不是属于你的，你不可能拥有它。

你要记住，你只是路人，是过客，这里只是你人生旅途中的一个驿站，而不是港湾。

其实，当你的心充满阳光，去到哪里都一样欢喜自在；当你的心充满温暖，一花一草都令你感到快乐。

你要知道，你此时此刻遇到的、拥有的，都是最好的，所以你要懂得去珍惜。

别太为难自己，有些人，不值得你掏心掏肺；有些事，无须一直铭刻于记忆。别等到无能为力，才选择顺其自然；别因为心无所恃，才被迫随遇而安。

年轻的你要知道，成长之路上的许多人和事只是你必须要路过的驿站，好坏、成败、聚散、爱恨，都无所谓，这些只是帮你尝遍人生百味，阅尽世间百态，看淡世事冷暖。

请你相信，所有的经历，都是催熟的药。

当痛苦来临，若你不肯放手，即使是微不足道的伤口，被你不停地拨弄，也不会愈合；不但不会愈合，反而会加速溃烂；如果你能选择放手，即使再深的伤口，也会随着时间的推移而痊愈。

这世间有一种态度，可能有时会挂着泪珠，会很凄美，它叫作放弃！

确切地说，放弃是另一种方式的拥有。自己狼狈地退出，这不是伟大，而是明白了，很多东西是不能勉强的，也勉强不来，就算你死死地抓住，抓住的是什么？是伤痕，是痛苦！把手握紧，里面什么也没有；把手松开，你拥有的是一切。

最痛苦的，莫过于徘徊在放与不放之间的那一段。真正下决心放弃了，反而会有一种释然的感觉。

人生就是这样，难免有痛，难免有伤，无论你是使劲抓牢，还是在回忆里念念不忘，到头来，有些爱恨终究梳理不出对错，有些人只能用时光去埋藏。

总是在经历过以后才会懂得，抓不住的，就应该松手。比如感情，痛过了，才会懂得如何保护自己；傻过了，才会懂得适时地坚持与放弃，在得到与失去中你会慢慢地认识自己。

其实，生活并不需要这些无谓的执着，没有什么是真的不能割舍。

带着快乐的心情继续成长吧，对那些留不住的人和事，何不送其一程？

一个人总是要经受失去，失去爱的人，失去心爱的玩具，失去最亲的朋友……可是如果不经过长夜的痛哭，是不能了解人生的。

愿你足够勇敢，能将这些苦痛当作一种功课去学习，直到有一天真正感觉成长了的时候，你就会感谢这种苦痛给自己的教导。

所谓成长，
就是将哭声调成
静音的过程

摩羯怕黑，也怕孤单，却喜欢低着头看脚下的路。

摩羯缺点一大堆，有时候自己都不喜欢自己。自卑的时候觉得自己像一只丑小鸭，没有好看的外表，没有骄傲的资本，可是摩羯有一颗温柔的心。

摩羯比任何星座都相信童话，同时也比任何星座都遵从现实。对摩羯而言，成长就是在童话理想和现实生活中寻找平衡。

一个人，先得受伤才能明了，
先得跌倒才开始成长，先得丢失才会有收获。
很多时候，人就是在磕磕绊绊中学会了生活。

年轻的时候，连多愁善感都要渲染得惊天动地。长大后却学会了越痛越不动声色，越苦越保持沉默。

于是你终于明白，所谓成长，就是将哭声调成静音的过程。

那些你总以为过不去的坎，就在你不经意间已成过往；那些你总以为不会忘记的人，就在你念念不忘的时候忘记了；那些你总以为很成熟的想法，就在你一天天长大后变得幼稚可笑。

成长，就像单行的列车，你永远不知道下一处风景，你也无法再次领略错过的风景，唯一能做的，就是享受每一缕如诗的阳光，抓住每一个无法回去的瞬间。

成长就是如此，痛并希望着。

小时候，你总是觉得自己知道的比别人多，觉得自己每一个想法都很独特；渐渐地，你发现谁都很独特，又都很普通。

你会发现，自己走的也只是万千条道路中的一条，有不同，也有相同。

当懂得了每个人都大同小异时，时光也吹开了纠结的心门，让你追上自寻的烦恼，你终于还是到了“明天”这一站，在面对未知时好奇又有些胆怯。

你既害怕孤独，又害怕别人过分的打搅；你既对未来充满了期待，又害怕自己不能以自己喜欢的方式过一生。

你总是感觉生命里应该有更多的东西，似乎是一场赌博，你用胆量与机遇去下注，然后满是未知地开启期待之旅，结果并不确定。所以你当下的决定也只能算是赌注，不知道对错，但是不希望自己后悔。

于是你告诫自己，不管发生什么，都不要放弃，坚持走下去，肯定会有意想不到的风景。

你慢慢会发现，也许这不是你本来想走的路，也不是你本来想登临的山顶，可这一条路也有它的风景，不同的山顶一样会有美丽的日出，因此不必念念不忘已经错过的风景。

在成长的过程中，你也会有些许的动摇，你感觉成长的过程是如此的心酸，要不断地面临抉择、面对失败，再经受分别、嘲笑和失望。可你为何不这样想：生活的美妙正在于它会给你一种感觉，自己想要的东西想抓却又抓不到，可是它又不会让你彻底失望，仅仅是使你处于沉浮的中间位置。

也许命运的公平之处也在于此，它让强者往上爬，弱者往下沉。

当你从懵懂走向透彻，是需要走一些弯路、受一些伤的，这是你成长的标志，也是你成长的代价，一定不要因为畏惧而躲避、因为保护而拒绝。

你要记住，有些人与事，只有你经历了，才能品尝出世态百味；有些弯路，你即使走了，伤痛也只是一阵子；而有些看似弯路，若你选择逃避，那种伤痛可能会一辈子都惊扰你的灵魂。

你要明白，每个人都必须面对自己不能承受的东西——它的名字叫成长。

在成长中一定会有困难、痛苦和不好的事情发生，这些也许是成长要付出的代价，但是这些代价既然付了，罪也受了，那么是不是要做些总结和学习，在下次遇到一样的坑的时候至少知道绕着走？

对于愈挫愈勇这件事情，如果能愈挫愈智就更好了。

每一个人都应该像树一样成长，即使你现在什么都不是，但是只要你有树的种子，即使被人踩到泥土里，你依然能够吸收泥土的养分，自己成长起来。

人生如路，需要耐心。成长，带走的不只是时光，还带走了当初那些不害怕失去的勇气。

既然我们都懂得抱怨于己无益，所以一定要时刻提醒自己：只要是对你自己有益的事情，就要千方百计地去面对、去实践。

你要知道，唯一令人后悔的，是那些自己不曾尝试的事。生命是属于你的，你应该根据自己的愿望去生活。

第五辑

心里兵荒马乱，嘴上一言不发

摩羯太会伪装了，也太依赖于伪装了，装坚强，装伟大，装得无坚不摧。其实，他们的心是最易碎的，而且是最难复原的，因为倔强的人一旦付出，便是倾尽所有。

要知道，当一个人在感情和生活中倾尽所有又偏偏得不到幸福时，就会彻底崩溃。摩羯也会崩溃，只是外表起伏不大，而内心早已沧桑。

慢热是害怕被辜负，毕竟每次投入都是倾尽所有

追摩羯要做好打持久战的准备，不要直接冲，要学会迂回前进。因为摩羯就是慢热加被动的人。

你追得紧了，摩羯嫌你烦；你离得远了，摩羯又嫌你没后劲。

摩羯都是细节控，这件事做好了加一分，看不惯减一百分。然后量变引起质变，你就出局了。

我不是冷血，也不是慢热，
我只是害怕投入太多，
离开的时候会很难过。

你从来都是一个慢热的人，恋爱慢、兴奋慢、热烈慢，连悲伤都慢。慢慢地拖到一个节点，突然就遗忘或者突然就爆发。

有时候，你会被自己吓到，因为慢热的人爆发起来总是出乎意料，不论是爱还是不爱，不论是坚持还是放弃。

也只有你知道，自己只是喜欢沉默和冷淡，并不代表你不重视别人。你只是慢热而已，你需要时间的累积才能对一个人完全敞开心胸，你做不到那种一见面就掏心掏肺。

关于感情，你很慢热。因为你知道，速热的人也速冻，慢热的人更长情。

有人的爱是一场重感冒，忽遇风寒，来得快，去得快。你的爱不是风寒，是胃病，是鼻炎，是默默地来，隐隐地痛，一直不肯痊愈，抵抗力下降时会突然来袭，让你无力还击。只是旁人看不到，以为你是多么健康的孩子。

但是，所有的忧伤都只是过往结出的疤，当时间慢慢沉淀，你也会慢慢地发现，自己比从前快乐。

正是因为你的慢热，你才有足够的耐心与耐力去面对一份新鲜的感情。因为曾经痛过，因为在此前小半生，你并未遇到过一个真心珍惜并且可以厮守一生的人，所以你与每一份感情都保持距离。

保持距离，才知道什么是最不会被时间抛弃的预备，正如爱一个人充满变数，于是你退一步，静静地看着，直到看见真挚的感情。

慢热的你把一切都交付给时间，让它去考验真伪善恶，让它去检验真心假意。

你要记住，那些忍心去强迫你改变本性的人，都绝非真心疼惜你的人。真心的人，愿意花费时间去和你耗。真心对你好的人，都是因为你的本来面目而对你好，绝不是你披的那副被时光刀刃剪裁过的外衣。

亲爱的，最后的最后，你是要成为自己喜欢的那种人，而不是选择妥协，更不是为了爱、为了面子、为了金钱和声誉去放弃这个、放弃那个，或者是去“改变对方”和“为了对方而改变自己”。

你要知道，慢热是因为你相信自己，也相信对方，相信这个世界。

你知道自己足够坚强、足够好，你相信对方足够真心和有耐心，你相信这个世界终究会善待你。这样的你，慢热又能失去什么呢?

明白了这些，你才知道生活究竟是什么样子，才知道很多事都是正常的，很多缘分是需要路过的。这一切，既不是遇人不淑，也不是老天不公。

你也会慢慢明白：不能太快去判断一个人，也不能简单地给一个人定位成好人或者坏人，更不能随意地开始或者结束一段感情。

当你明白了这些，你就会开始少了很多抱怨、少了很多要求、少了很多莫名其妙的自我纠结。你既能继续保持自己慢热的特点，也能对慢热的人抱有耐心。

因为你知道，不能轻易地伤害一个慢热型的人，因为他对感情往往加倍执着。越缓慢地开始一段感情，内心的投入度也就越深。最深沉的感情常以“冷淡”的面目出现。

因为你知道，不敢轻易开始，是害怕有一天离开，会承受不起那种痛楚。

所以别太依赖直觉，也不要过分相信一见如故。直觉这项本领，你只能用来挑选那些不影响心情的事物。

谁都不是火眼金睛的孙悟空，过分相信你的直觉，很可能只有一个浪漫的开始，却带着一个糟糕的结尾。

有些人对你好，却先甜后苦，一开始你觉得是一见如故、一见钟情，两个人如胶似漆，但到最后就越来越淡，很快就各奔东西。

还有一些人是慢热型的，刚开始你可能觉得冷漠，甚至都不想谈下去。可接触的时间越长，他就对你越好，而你也越能发现他的好。

你要记住：爱你在开始的人，是想得到你的一些什么，所以急于靠近；而爱你到最后的人，才是想陪着你，和你做更长的旅行。

请你温柔，
无论这个世界多冷漠

摩羯是一个很乖的星座，懂得放肆之后的适可而止，也知道在力所能及的范围内竭尽全力。

有时候，摩羯也会显得过于怯懦，因为面对的人和事情太强势，摩羯会表现出极度的冷漠。

在旁人看来，摩羯会显得郁郁寡欢，其实摩羯的内心是温暖的，只是他会选择以冷漠的方式来保护自己。如果你在乎摩羯，请你温柔待他。

我这人就是这脾气。
只要别人不理我，我不会再厚着脸皮去打扰。
你的态度决定我的态度，
你若对我沉默，我也只好对你冷漠。

有的人，每天和你争吵，却不曾怪罪你。有的人，连争吵都没有，却已经消失在人海。

在多情的记忆和冷漠的现实面前，喜乐疼痛早已被当事人深埋。能够肆意地为那一场场拥有与离别落泪的，从来都是旁观者。

每个人都是别人故事的旁观者，经由别人，路过自己，再在别人的故事里掬一捧自己的热泪。

于是你终于明白，原来冷漠比争吵要可怕得多。

你是个敏感的人，你的心灵极度缺乏安全感，而且过分自卑。你遇到事情常会设身处地地为他人着想，生怕自己的言行举止惹得他人不愉快，其实往往不愉快的人都是你自己。

你不愿主动与人打交道，却会热情地迎接并珍惜每一个对自己主动示好的人。可是多数情况下，你给别人的印象，却是高傲和冷漠。

你也知道，自己的冷漠可能会伤害到一些人，可你会因为得不到足够的信任和热情而把冷漠当作必需。言外之意，你的冷漠，并非内心冰冷，而是一种自我保护。

你的一生会遇见很多人，有人爱你，有人厌你；有人欣赏你，有人嫉妒你；有人把你当作宝，有人不把你当回事；有人敞开心扉迎接你，有人带着不屑打量你。

当你痛了、累了、失落了，你会困惑，是不是身边的这些人统统与自己无关？

于是你变得冷漠，你不再联系这些人，是因为你觉得与其多一份永不停歇的牵挂和失望，不如不去触碰落得干净。

其实，人是脆弱的，你觉得自己坚强，其实是冷漠；你觉得自己冷漠，其实是孤寂。

别再拿着冷漠做盾牌，抗拒世间所有的美好和温暖；别再以为冷漠和淡薄是对不喜欢的人和事最有力的反击。

其实，只要你是温柔的，世界也会温柔起来。

无论过去发生过什么，你要相信，最好的尚未到来。即使生活给你一千个伤心的理由，你也要找一千零一个开心的借口。不管这世界多么残酷，都要保持一颗释然的心，用你的笑容冰释所有冷漠。

你要相信，夜晚的太阳也在放出光芒，只不过照射于地球另一方。人的心也一样，人的情也一样，有时不是别人冷漠，而是你疏忽了，又或者是生活的无奈使你忘记了心中的太阳。

有些人在你最好时接近你，在你最坏时离开你，这是人心的凉薄；有些人在有好处时爱你，没有好处时不爱你，这是人心的势利。

其实这些都是最正常不过的事情，大部分人对你的好，都是要求回报的。

我们这一生，就是在大多数人的冷漠里，找到极少的那几个人，他们对你不同寻常地好。

不是因为幸福才微笑，而是因为笑了才幸福。不管别人怎么对你，那都是别人的事，人最大的敌人始终都是自己，不存在谁对不起你或谁欠你的问题。能走出阴影的就是人生赢家，走不出来的阴影就成了你的牢笼。

每个人都在追求幸福，可是你也要知道，幸福其实可以很简单。你要记住，不要让自己太敏感，也不要过分地在乎。

只有凡事抱以平常心，不抱怨，不嫉恨，不懈怠，不冷漠，幸福才有所依附。

愿你最终能够有能力、有勇气、有信心过上那种“人生苦短，我要把时间花在我喜欢的人和事上”的生活。

愿你不再言不由衷，不再胆小怕事，不再沾沾自喜，不再对陌生人冷漠，不再充满怀疑和不信任。

愿你遇到你爱的人、你喜欢的事情；愿你因为爱一个人、一件事，而更爱这个世界；然后可以把所有的时间，都花在让自己更好、更快乐的事情上。

像大人一样怕被骗，
像孩子一样怕天黑

千万不要跟摩羯玩“距离产生美”的游戏，你退一步，他能退十步，你转个身，他早撤得没影了。

有一天你要是跟他表白，说了一大通快要把自己感动哭了的话，可能摩羯不仅没反应，还会劝你吃点药冷静一下。

爱摩羯是需要成本的，请时刻准备着速效救心丸。

我们平凡人能经历的最大的勇敢，
也许是失恋后仍能相信爱，
被讹诈后仍能继续帮助人，
受骗后仍然能相信人。

单身时间久了会变成习惯，懒得去恋爱；梦想搁置久了会习以为常，懒得去追逐。时间会改变人的性情，越来越怕开始新鲜的一切。惧怕开始，本质上还是因为惧怕结束。快乐时常让人胆怯，因为它总是短暂。人最容易被转瞬即逝的快乐伤了心劲儿。

勇气，不光要能承受漫长的痛苦，更要敢接纳短暂的快乐。

你要记住，不迈出第一步，你永远不知道自己有多勇敢。

小时候，你比现在勇敢，跟同桌吵架绝交可以用一块糖和好；被亲爹揍得喊娘，一拿到零花钱就笑；暗恋的人想追别人，你还大方地帮他写情书；失恋了、考砸了、毕业了，所有人都走了就哭一鼻子，没什么大不了。

可现在做不到了，没办法相信伤害过自己的人，承受不起任何形式的离开，连哭都哭得没底气，怕吵醒别人。

你曾经爱一个人爱到一百分。今天，你爱上另一个人，但是已经不像从前，你已经无法再爱一个人爱到一百分了。

长大了，经历的事情太多，见过的悲欢太多，已经无法回到一百分的阶段，八十分已经是极限。

曾经以为，离别是离开不爱的人，有一天长大了才发现，有一种离别，是离开你爱的人，有一种离别，是擦着眼泪不敢回首。

你就这样，一边害怕长大，一边又毫无选择地长大了。你发现世界上有越来越多的事情是自己无法掌握的。你不知道明天谁会离开，你不知道意外和你等的人谁先到来。

你不喜欢这样的自己，似乎又身不由己；你想变得更热情，可是多少显得无能为力。

有些人你哪怕抓得再紧，可你们的距离却越来越远；有些人你哪怕思念再多次，可你们的交集却越来越少，最后变成回忆角落里的一张旧照片。

最可怕的是，因为怕失去，你放弃了拥有的权利，就算是遇到再好的人，你也无动于衷。

其实，你并不是害怕失去，而是害怕失去以后没有更好的可以代替。

在成长的过程中，我们会遇到很多人，会告别很多人，会继续往前走，也许还会爱上那么几个人、弄丢那么几个人，关键在于谁愿意为你停下脚步。

少年时代意气风发，做人说话都难免气盛，接纳失去，承认失败，从甜蜜和谐到兵荒马乱，这是一个特别痛苦的过程。有人用了很短的时间，有人却用了很久……

可是你要知道，所谓坚强，其实就是你熬过了最难的事，那么以后你就会安慰自己：再难也不会比那时候更差了。

一个人可以不成功，但是你不能不成长。没有什么比自己背叛自己更可怕的了，你唯一能把握的是变成更好的自己。

也许你最后也没能牵到那个人的手，但是你付出了，就不会有遗憾；也许最后你也只是默默无闻，但你曾经为了将来而努力奋斗了一次；也许你最后也没能环游世界，可是你却在实现梦想的途中找到了自己。

那是一个能够为了目标默默努力的自己，不抱怨，不浮躁，不害怕孤单，能很好地处理寂寞，沉默又努力的自己。说不定，你苦苦追寻的梦，正在马不停蹄地向你跑来。

成长是需要勇气的，生活中难免会遇到一些让你胆怯的人和事。但是你要知道，恐惧是一直都会存在的，接受它，它就会让你变得更强。

做一个内心强大的人，战胜一切，欣然接受失去的一切，让生活远离曾经的恐惧和怯弱。做一个天真率直的人，直面自己的人生，不问西东。

心里兵荒马乱，嘴上一言不发

隐忍、厚实、淡定是很多人对摩羯的第一印象，摩羯足够隐忍，足够低调，即使泰山崩于眼前，都能够做到不动声色。

摩羯的情绪仿佛磐石一般，不会轻易地受到影响。

但是，请不要高估摩羯的淡定程度，只是他习惯去保持这样一种完全不为所动的外表，而实际上，其内心已经在进行复杂地演变，情绪也在颠簸起伏。

再难过的事与情，再不舍的人和物，
虽终究都会过去，但请你不要忘记。
若是在来日再次遇到，
记得说一声别来无恙。

如果你此刻被烦恼缠绕，请说出来，别再独自坚强，也别用假装无所谓来掩盖自己的慌张。你本来就弱小，本应该得到别人的帮扶和鼓励，何必摆出一副刀枪不入的姿态？

如果你此刻很孤独，请哭出声来，别再强撑着了，也别再以笑脸来掩盖自己的脆弱。你本来就年轻，本来也需要别人关心呵护、嘘寒问暖，何必装出一副百毒不侵的样子？

总有一些美好是辛苦等待换来的，所以，你要相信，属于你的总会到来。只是你需要安静耐心地等，在等待的过程中，试着让自己变得更丰盛、更强大。

你要记得，成功的人并不是像兔子一样不停歇地奔跑，而是像乌龟那样，虽然慢，但懂得欣赏沿途风景，凭着热情与坚持不懈的努力，也会取得胜利。

最好的感情也是如此，毕竟你要的，不是曾经拥有，而是天长地久。

有些伤口，时间久了就会慢慢长好；有些委屈，受过了想通了就释然了；有些伤痛，忍过了疼，久了也成习惯了，即使在很多孤独的瞬间，重新涌上心头。

其实，有些藏在心底的话，你并不是故意要去隐瞒，你只是害怕一说出来，就变成了一个永远的错误。只是在你看来，并不是所有的疼痛都可以呐喊。

可是你要记住，不管经历过多少不平，有过多少伤痛，都要舒展着眉头过日子，都要内心丰盛安宁，性格澄澈豁达。

年轻的你，往往会在繁盛中绝望，在丰美中苍凉。世界终究没有走向末日，而你却在躁动和慌乱中，让自我的世界一天天沦陷到末日。

看起来静水无澜，却已挣扎到索然无味；看起来是在与自己的梦想厮守着，却身未动，心已远。

现实中粮草丰盈，内心里却兵荒马乱。于

是，幸福成了幸福的迷魂药，快乐成了快乐的致命伤。

也就是说，每一天的地平线上，朝阳出，夕照下，溪桥柳细，草薰风暖，铁马秋风，楼船夜雪，人生四季，外在的一切韵致和风骨都在，都还在。而你在迷茫，你在忧伤，你就这样忐忑不安地成长，然后一点一点地丢失了自己。

这种丢失，是远离，是走散，是飘逝；是触摸不到，是慌里慌张，是怅然若失。这种丢失，弥漫着浓重的迷乱与茫然。

亲爱的，你可以偶尔矫情，却不矫揉造作；你可以毒舌，却不尖酸刻薄；你要学会不怨天尤人，不苦大仇深；你要试着对每个人真诚，对每件事热忱；你要相信，这世上的一切都会慢慢好起来。

卑微的时候，以为是贫弱使你变得慌乱；幼小的时候，以为是无力使你变得慌乱。可是，当你富有了、长大了，甚至拥有可以变强的机会的时候，却显得比以往更加慌乱。

于是，你在虚假的世界里，刻意把自己扮得很真；在热闹的场合里，故意让自己变得热烈。最终，你宁可委屈了自己，也不愿再得罪世界。

当你因为胆怯而变得越来越沉默的时候，当你因为疼痛而变得越来越虚假的时候，当你因为害怕被看穿而选择隐藏或消失的时候，你离那个真实的自己也越来越远了。

可是你要知道，在这尘世的素锦上，有万千的线条，若自己的这一根断了，所有的经纬，就会脱落、垮掉。美的世界，也会黯淡了、苍凉了。

实际上，世界和自我是可以兼得的。当一个人最好地靠近了自己的内心，喜乐，轻松，平静，平和，也就最好地靠近了自我。

你要知道，世界是自己给的，照顾好了一颗心，才会拥有完美的世界。

愿你的笑容都是发自内心的，希望那么忙的你做的都是自己热爱的事。

沉 默 的 人 ，
时 间 会 替 他 争 辩

摩羯是被人误解最多的星座之一，他们的呆板、按部就班、僵化固执、不解风情等，时常成为他人诟病的特点。但摩羯又懒得去解释，并且心中自有一套为人处世的法则。

摩羯最喜欢表达寂寞和感情的方式就是沉默。沉默是一种严谨、安定和简单的生活态度，摩羯觉得做好自己了就不用说太多。

我喜欢自言自语或者干脆沉默，
因为这样会节约时间，
而且不会有人跟我争论。

你害怕孤独却不适应聚会，你重视感情却不善于表达，你不爱交朋友却待人友善，你不爱说话却爱上了歌唱。

当别人在车水马龙的街上大声喧哗的时候，你选择沉默不语；当朋友在饭桌上与别人高谈阔论的时候，你选择一言不发。

原来，你不是喜欢沉默，而是用沉默去考验耐心，用沉默去表明态度。因为你相信，时间会替沉默的你辩解。

这个世界不是所有的人都懂你，被不懂的人误解无须争辩，我们选择沉默；有时被最爱的人误解，我们难过到不想争辩，也只有选择沉默。

生命中往往有很多无言以对的时刻。不是所有的是非都能辩明，不是所有的纠葛都能理清，有时沉默就是我们最好的回答和诠释。

在与人沟通有隔阂的时候，不擅长吵架的你会选择沉默。就算道理明明是在自己这边，可是一吵架就会激动，一激动就有理说不清，有理说不清就急，一急就愈说愈快，话说得太快就变成发飙。于是你认为，本来是应该慢条斯理地说服对方，现在看起来却像发脾气和无理取闹，这是多么无辜的事情！

你看你，始终是那个不擅长吵架的人。

在面对喧嚣的世界时，不擅长喧哗的你会选择沉默。你已经很多次体会到了日常生活的嗡嗡噪声，你也知道这些噪声是跟一个人的心态、野心、欲望有关。于是闹钟提醒人们该起床了，电话铃响说明有新的消息被通知……陷入交通堵塞是因为人们需要赶快到达目的地，在街头彷徨是因为不知道去哪里，同时又不敢停下来……

只有你是沉默的，因为你知道，生活是一场漫长的旅行，热闹的终究不能长久。

沉默的时候，你会觉得很充实；而当你开口说话的时候，你就感到了空虚。

在面对一个未知的结果时，不能够未卜先知的你会选择沉默。此时的沉默就是耐心的等待。

你的沉默等待，是为了更好地遇见，为了有更多的时间去做选择。你的等待不是挑剔，也不是眼高手低，等待只是让自己学会淡然地生活、正确地选择。

不过，请你千万不要把受伤的感情当作成长的必经之路，伤痛多了，你就会累积害怕。如果在感情中总是受伤，只会让自己变得越来越脆弱。

所以，请你和此时的孤独安然相处，请你保持十足的耐心，直到等来真心和实意。

这个时代，每个人都在大声说话，每个人都在争分夺秒。我们用最快的速度站上高度，但是也在瞬间失去态度，当喇叭声遮盖了引擎声，我们早已忘记，谦谦之道才是君子之道。

如果要问这个时代最需要什么，那就是“在别人喧嚣的时候安静，在众人安静的时候发声”。

你要相信，每个出色的人，都会经历一段沉

默的岁月。在那段岁月里，你付出了很多努力，忍受孤独和寂寞，最终，你会被那个有耐心、肯努力的自己感动。

沉默是成长的标志，而成熟的标志就是保持沉默。

你要知道，在我们周围，像你这样懂得沉默的人很多：在公众场合什么都不说，到了私下里却妙语连珠，换言之，对信得过的人什么都说，对信不过的人什么都不说。你要明白，保持沉默是睿智的表现。

你会逐渐意识到，沉默并不一定代表不快乐，而是想让心澄净起来。有时候你需要退开一点、清醒一下，然后提醒自己“我是谁，要去哪里”。

有人在撒谎，你却不能拆穿；有人很厌烦，你却不能翻脸；明明是自己走的路，却偏有一些无关的挑拨。

你看，人生总是有那么多的无可奈何，但遇到糟糕的情绪就表达出来，只能说明你很在乎，让见不得你好的这些人看了笑话。让他们在自己的世界里“精彩”就好，你看好自己的心和嘴。

你要知道，喧嚣不难，难的是保持沉默。

有一种可怜是假装柔弱，有一种可怜是非要坚强

外表的风平浪静，其实是摩羯有教养表现的一部分，不论心里如何风起云涌，摩羯还是要保持这样平静的姿态，这仿佛已经成了他的习惯。

摩羯的伪装并非有什么目的，也并非特意装给谁看，而是天生的自我约束力，让摩羯抵挡了情绪的冲突和扰乱，这也是摩羯常常被别人误解的原因之一。

世界上有两个我：
一个假装快乐，
一个真心难过。

其实你已经很累了，其实你并没有太多的知心朋友，只是你习惯了假装坚强，习惯了一个人面对所有。

你可以很开心地和每个人说话，可以很放肆地独自歌唱，可是没有人知道那不过是伪装，很刻意的伪装。你可以让自己很快乐，可是却找不到快乐的源泉。

原来，这个世界上有两种“可怜人”：一种是假装柔弱，另一种是假装坚强。相比较而言，后者更令人佩服。

没有人会知道哈哈大笑的你有多么难过，没有人知道侃侃而谈的你有多么寂寞。没有人知道你的贪婪和小心眼，更没有人懂你的执着和坚持。

你只能是一个人应付着所有人，你只能是一个人承担着成长的压力，却不得不伪装得很轻松。

可是，就算是最亮的繁星，若没有星光伪装，也难免落寞凄凉；就算是最美的花朵，若没有色彩伪装，也难以惹人爱怜。

你要知道，伪装不是虚伪，而是告诉自己要坚强，坚强地变成更好的人。

有时假装坚强得久了，内心也就真的强大了。

假装坚强，是不想让人看到眼泪；假装开心，是不想让人知道寂寞；假装快乐，是不想让人看出孤独；假装高兴，是不想让人看见伤口；假装甜蜜，是不想让人看见忧愁；假装轻松，是不想让人发觉心酸；假装幸福，是不想让人看见疤痕；假装成熟，是不想让人看出无知。

总有一天你的棱角会被世界磨平，你会拔掉身上的刺，你会学着对讨厌的人微笑，你会变成一个不动声色的人。因为活得太清楚注定劳心劳神，为情太痴迷必定伤己伤人。

你要知道，年轻不是指玫瑰般的脸颊、红润的嘴唇、柔软的膝盖，而是一种愿望、一种超强的想象力和充沛的情绪，它是充满活力的生命深泉。

没有人能仅仅通过妥协来成长，当你放弃了抵抗、放弃了奢望、放弃了坚强的时候，你注定只会在懦弱中老去。

你要记住，年月可能弄皱我们的皮肤，但放弃积极的心态则会弄皱我们的灵魂。

不高兴的时候就假装高兴，不开心的时候就假装开心，遭遇挫折的时候就假装乐观。然后，再像不会失去一样去拥有，像不曾失去一样去过欢喜生活。

因为装着装着可能就像了，再接着装下去，可能就真的快乐了。

伪装坚强就是取悦自己，而不是取悦别人。

你要知道，世上没有过不去的事，只有想不通的人；没有不能在一起的心，只有不懂珍惜的人。

事情越是想不通，你就会越纠结、越伤神；越是看清，就越觉得烦恼遍地；感情若是看得太重、太在乎，你就会越卑微，你就越失去价值。

与其挣扎难过，不如一笑而过；与其难以放下，不如掌握当下；与其真实地品尝难过，不如假装从没发生过。

伪装坚强就是在给自己无形的力量，而不是单纯地逃避。

很多时候我们的很多努力看起来都像无用功；很多时候我们都像被卡在了某个甬道中，动弹不得；很多时候我们即便努力拼搏，却好像也在被现实推向相反的方向。

可是你要知道，正是那些动弹不得的日子，正是那些被现实残酷打击的无奈，正是那些你认为的无用功，才让你走到了今天。

其实，人远比自己想象的要坚强得多，特别是当你回头看的时候，你会发现自己走了一段自己都没想过的路。

青春是短暂而又多彩的，成长是真实而又慌张的，愿你拥有灿烂的人生，愿你在温暖中勇敢地前行。

愿你的生活如同贺卡上的烫金祝福一样喜庆，愿这悠长岁月温柔安好，有回忆煮酒；愿你没有软肋，也不需要铠甲；愿你和相爱的人一起浪费人生，热泪盈眶。

不论别人喜不喜欢你，你都是自由的

摩羯对一个人冷，其实是真正的善良，不吊别人的胃口，让别人不抱虚无的幻想，不在自己身上浪费时间，最终知难而退。

若选择和摩羯在一起，你会觉得摩羯闷，是因为他害羞、紧张，但其实他早就想好未来两个人怎么过日子。

对摩羯而言，所谓诺言，大多都是用来打破的，所以甜言蜜语其实没有意义。摩羯只想真的为你做点事。

所谓的自由就是：

你想要拒绝一个人的约会，已经不需要任何理由；

你有权力过自己要过的生活，有权力去自己要去的地方。

对待青春最好的态度是：在喜欢你的人那里，去热爱生活；在不喜欢你的人那里，去看清世界。

朋友也好，恋人也罢，都不会总是在你身边。总会有人离开，我们也会离开别人。率先选择离开的那个人，总会好过一些，毕竟在他离开之前，他的心已经放弃这段感情了。

相比之下，被放弃的那个人会难过得多，因为他面临着一个很大的难题。他脑海中总是回响着一个自责的声音："他为何放弃我？是我哪里不好？"

被放弃的人因为一个放弃自己的人而开始怀疑自己，他也无法因为一个放弃自己的人而与自己和解。

可事实是，总会有人不喜欢你的，甚至，这与你的好或不好都无关。

紧跟着，你可能还会担心别人的眼光，刚开始是身边的同学、老师，接着变成了同事、领导，你害怕被孤立被轻视。

于是，你呕心沥血地把自己打造成所有人眼中的好人。其实在别人眼中，你或许只是在一个大圈子里面的一个还不错的同学或朋友，一个守规矩的好人或见过面的人。

其实，幸福就是想吃一个馒头时就得到一个馒头，并且安心地吃下去。若只能得到半个叫不足，更少叫匮乏，若得到两个叫富余，得到三个就叫负担，而得到更多那就是累赘。

幸福不是越多越好，而是恰到好处；幸福不是脸上的虚荣，而是内在的需要；幸福不在别人眼中，而在自己心中。

你的幸福，你若不答应，别人是永远抢不走的。

没有预期的人生旅程，我们一直跟着时光的脚步在跑，但最终都逃不掉岁月对人情的掠夺。曾经的一路相随，不经意间就会在风尘中走散。

世态炎凉，人情冷暖，每个人都在不停地改变着，在风尘中不得已地辗转，做着一次又一次的抉择。

你要记住，滚滚红尘之中，人与人之间讲究的是缘分，遇到喜欢你爱你的人，当全力回报以喜欢和爱。遇到不喜欢你的人请绕行，或者擦肩而过、遥遥相望，如此而已。

你会慢慢发现，这个世界，总有你不喜欢的人，也总有人不喜欢你，这都很正常。而且，无论你有多好，也无论对方有多好，都苛求彼此不得。因为，好不好是一回事，喜不喜欢是另一回事。

刻意去讨人喜欢，折损的只能是你自己的尊严。不要用无数次的折腰，去换得一个漠然的表情。降低姿态换来的，只会是对方越发地居高临下和颐指气使。做不到平视，就永无对等。

有时候，你的无数个回眸，未必能看到一个擦肩而过；有时候，你拿出天使的心，并不一定换来天使的礼遇。

如果对方不喜欢，都懒得为你装一次天使。谁也不需要逢场作戏。尽管一时的虚情假意也能抚慰人、陶醉人，但终会留下搪塞的痛、敷衍的伤。

所以，这个世界最冒傻气的事，就是跑到不喜欢的人那里去问为什么。不喜欢就是不喜欢了，根本没有为什么。就像一阵风刮过，你要做的是，拍拍身上的灰尘，一转身沉静地走开。然后，把这个不喜欢自己的人忘掉。

一个人，风尘仆仆地活在这个世界上，要为喜欢自己的人而活着，这才是最好的态度。不要在不喜欢你的人那里丢掉了快乐，然后又在喜欢自己的人这里忘记了快乐。

勉强不来的事情，不去追逐。你为此而累的时候，或许对方也最累。你停下来了，你放下了，终会发现，天不会塌。

在辽阔的生命里，总会有一朵或几朵祥云为你缭绕。与其在你不喜欢或不喜欢你的人那里苦苦挣扎，不如在这几朵祥云下面快乐散步。

天底下赏心乐事不要那么多，只一朵就足够足够。

愿你以自己喜欢的方式过一生，愿你以自己舒服的方式去结识朋友。活成自己想要的模样，哪怕不堪也自在。

第六辑

你若自寻烦恼，必能如愿以偿

摩羯的脑子里聚集了各式各样的纠结，怕孤单又甘愿一个人待着，怕被忽视又怕别人太热情，怕无聊却又懒得找事做，怕恋爱又想有一段美好的恋情，明明很自私却又不停地付出，明明很想念却不露痕迹……摩羯的心里总是想得太多，把太多苦闷往自己心里塞。其实，摩羯本该是一个快乐的星座，可在太多的情况下，总是一个人自寻烦恼。

摩羯要注意，其实很多烦恼是你自己凭空虚构的，而你却把它当成真实去承受。

摩羯，请你试着找一个可以吐露心声的人去倾诉，请你试着将那些不对的人和事轻轻放下，然后勇敢、乐观、有方向感地去生活，这样你才有可能不用再这么纠结、忧愁和烦恼。

人长大了，是要与这个世界和解的

摩羯是仅次于处女座的完美主义者，他们做事小心谨慎，害怕一切未知，尤其是当未来自己完全无法掌控时，这更会让他们担忧不已。

摩羯的内心戏很多，常常会因为做不好一件事情而默默地自责，始终找不到一个最好的办法解决，因此他们更加严厉地要求自己，只要有一点不满意，就会立刻重来，既折磨了自己，也折腾了别人。

相信明天不会比今天更坏，
如果还能再坏，
那今天的糟糕就不算什么。

作家毕淑敏说，这个世界不简单，这个世界很粗暴，这个世界充满了出乎意料。但我们不能因此丢掉了人性中最柔软的部分——爱的能力。

你不仅要爱别人，还要爱自己，爱这个世界。因为我们热爱这个世界时，才真正活在这个世界上。

唯有如此，你才能在成长的过程中，趁着自己还有热情与这个世界交流时，把生命演绎得尽可能好看一些。

人们印象中的世界是一个做什么都会有回报的世界：背了单词就会考更高的分，对父母好他们就会报以微笑，把玩具给朋友玩总能换来自己喜欢的朋友的一段友情。

你以为生活就像玩一场规则鲜明的游戏一样，只要付出相应的努力，总会得到一些什么作为补偿。

长大了才发现，其实这个世界不是这样的，之前的那些都是错觉，不过是大人为了你茁壮成长编织出的一场梦境。

往往很认真努力做的事情最后还是没有结果；花了很大力气做出来的产品，也真的很好用，但就是没人在乎；真的喜欢那个人，你恨不得把一切都给他，结果他反而离你越来越远，转身去和那些欺骗他、不喜欢他的人谈笑风生。

很多人不能接受，认为是自己不够完美，他们想着之前考 80 分，父母的脸色不太好看；而考 100 分，所有人都会觉得他们大有前途。

于是他们开始拼命提升自己，学乐器，赚钱，化妆，减肥，健身，执着于那几块腹肌和所谓的马甲线、人鱼线。试图让自己变得更加完美，不惜变得偏执、疯狂。

他们认为只要自己做到了这些，就能得到自己想要的东西。而当世界最后还是让他们失望时，那感觉就像在赌场孤注一掷，认为一定能翻盘，最后还是输了一样，充满了绝望感。

很多人就此绝望，开始了长达数年的自暴自弃，有的一蹶不振，有的迷茫，有的甚至会用生命表达对这个世界违约的控诉。似乎都是在说："错的不是我，是世界。"然后，摆出战斗姿态，试图和世界战斗到底。

不过，不知道你有没有想过，世界本来就没有和任何人缔结过任何条约。

它没有说你每天努力十几个小时就一定会有成就，它也没有告诉你如果能什么都懂，它就会给你什么回报。你对一个人再好，他该不喜欢你还是不喜欢你，可能还会因为愧疚越来越不愿意见你。

你把一切都做到最好，你想要的也不一定就会到你身边。

“变完美就一定能被人喜欢，做更多就一定能得到回报”，是这样吗？这难道不是大人们为了鼓励你向更好的方向发展而编造出来的鼓励的句子吗？

可是即便如此，你还是要努力去做自己该做的，只是不要去期待回报。对你而言，最大的现实是，不管你了解不了解这个世界，这个世界都不会让着你。

你要知道，不是付出了就会有回报，但做

了就不要后悔，因为不做才后悔。

即使自己不完美，依然为自己的不完美而快乐；即使自己不成功，依旧要为自己的不成功而感动，这才是最重要的。

当你明白了“就算自己变得完美”别人也不一定就会喜欢，但自己依然愿意朝着完美的方向努力，这才是成熟的标志。

毕竟变瘦、变漂亮、变聪明、变有趣本身就很快乐，不是吗？

一切都会过去，明天每个人又将各奔前程。生命无所谓长短，无所谓欢乐哀愁，无所谓爱恨得失。一切都会过去，像那些曾经怒放过的花，那些经过岁月的潺潺流水。

总有一天，你要和过去岁月的所有记忆、不安、孤独和所有不悦的人和事，相安无事地握手言和。

所以亲爱的，还是和这个世界和解吧。人长大了，是要与这个世界和解的。

你若自寻烦恼，必能如愿以偿

充实的生活是摩羯获得乐趣的基础，可以毫不夸张地说，没事可做的时候，摩羯就会无聊得发慌，就会做出一些自己都理解不了的事，产生一些让自己烦恼的疑惑或猜疑，继而让自己陷入一种焦虑、消极的状态中。

对摩羯而言，给自己设立一个又一个目标，当作精神食粮是很有必要的。为了目标而努力，也就没有时间烦恼那些毫无意义的东西。

年龄从来不是界限，
除非你自己拿来为难自己。
愿你活出自己想要的人生，
无论何时，年华都盛开。

人若喜欢自寻烦恼，必能如愿以偿。

世上有很多事，是怎么求也求不到的；有不少事，经过一番努力之后，得到与否机会参半；也有一些事，大抵是可以求得到的；更有许多事，只要去求，必然可得，自求烦恼便是其中之一。

别以为烦恼伤人会多么厉害，其实，你若转身，它即浮云。

求快乐难过登天，求烦恼易如反掌。人要自寻烦恼起来，没有什么力量可以阻止。譬如说，到处去打听人家在背后怎么说自己；拼命去打听他人的秘密；和自己全然没有关系的事，硬要插一脚，等等。

可以说，在成长的过程中，自寻烦恼这件事情，用多少字都写不尽。

按理说，烦恼要来，推开唯恐不及，怎么会自己去把烦恼找来呢？事实上，几乎每个人都在自寻烦恼。

不要杞人忧天，烦恼并不会减少明天的负担，却会失去今天的快乐。

懂得安慰自己，别总跟自己过不去；用心做自己该做的事，不要过于计较别人的评价。每个人都有自己的活法，喜欢自己才会拥抱生活；不必一味讨好别人，顺其自然最重要。

你要记住，最美好的不是未来，而是今天。你看阳光这么好，何必自寻烦恼？

每个人都在探索生命的意义，幸福的生活是把幸福当作一种行为，能把所有的烦恼都看成无所谓，这是人生的权利，也是义务。

人往人多处活，心往安静处想，要想平复烦恼，那么很显然，需要一个很平和的心态。

人生很残酷，错过的，不要奢望还会重来，遇到烦恼时，不如用心想一想，我们做这些事究竟是为了什么。当我们找回自己最初的本意时，就会发现眼下的烦恼根本算不了什么。

你要相信，这个世界上有百分之五十的烦

恼都是通过好好睡一觉就能解决的。至于剩下的一半，等睡醒之后再去想吧。

不管走过什么样的人生轨迹，人生都承担着了解生命的责任，成就一份客观的人生观。何不用一种善意和真诚，去看待这世间所有的事物，能够去经历，也能够义无反顾，这一场生死的过程，在于珍惜，也在于感恩。

努力地活好每一天，才不辜负人生这一场含辛茹苦的路程。

越是看重的，越得不到；越是在乎的，越抓不住。

那些想要的东西，大都不在你的身边，人生也难免追逐无休止的欲望而追逐着患得患失。

只有懂得放下，才能把握当下。

愿你路过繁华依旧淡泊，淡泊得不再自寻烦恼；愿你经历荒凉依旧单纯，单纯得没有烦恼。

不断失去，
才会无所畏惧

憨厚的摩羯，不管对学习、工作还是爱情都采取谨小慎微的态度。摩羯的感情很少表现得轰轰烈烈，而是细水长流。

摩羯有时候就是太理性、太消极，对感情里的事看得太透彻，一段感情还没开始呢，就看到激情退去以后，因为性格不合吵架、冷战分手的画面，光想想都觉得心累。

摩羯不想承受那样的烦扰，于是就绕行了。因此，摩羯常常会错过很多友情和爱情。

越是不能放下的，越容易失去；
越想牢牢抓住的，越消失得快。
越想拥有的，常不属于你；
越想把握的，常已失去。

小时候，希望自己快点长大，于是失去了小时候的无忧无虑；长大了，又开始缅怀童年，因此又失去了成熟时该有的沉稳和睿智。

单身时，开始羡慕恋人的甜蜜，于是失去了等待一个对的人的耐心；恋爱时，又怀念单身时的自由，因此又失去了珍惜一个人的缘分。

在成长的路上，每个人都肯定会失去很多东西，但是只有不断失去，才能不断成长，才能够无所畏惧。

当你最好的朋友对你说以后再也不会联系你的时候，你竟然能表现得如此冷静。要是在几年前，你可能会解释、会挽留，可能会觉得一切事情都可以化解，但现在你觉得没什么必要。

你曾认为他是你人生中最值得信任的朋友，你们曾在一个城市、一个学校、一个班级，你们一起上学、逃课，一起爱恨、哭笑。那些一去不复返的青春，有你们最美好的回忆。

但这两年来发生和改变的太多，时光和经历无情地改变了你们的模样，于是你们最终形同陌路。最可怕的是，你并不觉得惋惜。

其实不是你无情，也不是你自私冷漠。而是你知道，你们已经不再适合做朋友，他不了解你的生活，他想要融入，也一定融入不了。你也不了解他的生活，你对他的一切也不再感兴趣。所有的话题，都在预示着离别。

但又能怎样？路不同，终将形同陌路。

青春的逝去并不可怕，可怕的是失去勇敢地热爱生活的心。

在向前的路上，我们还会失去很多。朋友只是其中之一，也许还有亲情，还有爱情，还有其他。

因为漂泊他乡，你失却了陪伴在最亲的人身边的时光，你失却了照顾他们的时间和机会。

可正是因为如此，在你离他们千里万里的时候，你经历了人生中最黑暗寂静的夜晚，你做了人生中最勇敢独立的事情，你学会了面对孤独、学会了坚强。

失去一份感情，失去一个心爱的物件，你会觉得心疼。可是失去的次数多了，这种心疼就麻木了。

不疼分很多种，有一种是伤口已经愈合，还有一种是伤得血肉模糊的麻木。有些不疼是早已愈合，提起来只有伤疤，没了感受；有些不疼，是几近麻木，感受爱的能力全都用来感受痛了。

你要相信自己有强大的愈合能力，即使心里有刺不拔出来，也会随着时间推移而最终消失。

越是痛心疾首的失去，越会让人变得坚强。痛苦过后，再无所畏惧地披甲上阵。你知道，如果你不够努力，如果你还在犹豫不决，为已经失去的东西惋惜，你还会失去更多、更多。

你唯一能做的是带着失去的伤，只顾风雨兼程。在以后的人生里，少尝一些失去的滋味。或在失去的时候，拥有承受的能力，不再被其所伤。

人的一生，总在追求自己心仪的，不管是人还是事，凡是美好的一切，都渴望拥有，都不愿失去。只是岁月弄人，生活中总有一些不经意的失去。

为错过美景而追悔，耽误了脚步；为与机会擦肩而埋怨，失掉了时间；为碰到不平而愤恨，影响了心情；为遭受挫折而自卑，灰暗了人生。

很希望那些曾经陪伴过我们的人，永不凋零和走散；也很希望这些人销声匿迹的时候，我们不会害怕。他们的陪伴，曾让我们温暖；他们的离开，会让我们成长。

不要轻易去依赖一个人，这会成为你的习惯，当分别来临，你失去的不是某个人，而是你精神的拐杖。无论何时何地，都要学会独立行走，这会让你走得更坦然些。

此后余生里，愿你在执迷不悟时少受点伤，愿你在幡然醒悟时物是人是。

你不是没有选择，而是忘了选择

摩羯天生拥有大局观，非常善于制定各种战略部署。运筹帷幄的能力、做事的韧性和毅力也是其他星座很难比拟的。

摩羯又经常表现出谨慎尝试的态度，所以会在眼前利益、负面评价、他人的意见指导等面前表现得犹豫不决。

摩羯常会后悔自己的选择，或者干脆放弃选择，跟随别人的指导，那么可以预见的是，这样的摩羯只会过他不喜欢的生活。

路，不通时，选择拐弯；心，不快时，选择看淡；情，渐远时，选择随意。很多时候，一个人选择了行走，不是因为欲望，也并非诱惑，而仅仅是听到了自己内心的声音。

面对很多选择，你总是来不及思考选择，结果不是选择放弃，就是选择遗憾。

其实，每个人都有选择自己想要的生活的权利，你从来都有这样的权利，只是你忘记了选择而已。

生活中，你几乎每天都面临各种各样的选择。你常常不知所措，心里摇摆不定。因为选项越多，选择就越困难。

其实，生活就是选择。每件事物剔除一切枝节后剩下的都是一种选择。你选择如何应付生活中的各种情形；你选择他人会怎样影响你的情绪；你选择心情愉快还是心情恶劣。

说到底，如何生活是你自己的选择。

人活在世界上其实就是一个选择的过程，不断地选择，不断地抛弃。

每天早晨醒来时，你要学会对自己说：喂，亲爱的自己，今天你有两种选择。你可以选择心情愉快，你也可以选择心情恶劣。然后你会选择心情愉快。

每当有不愉快的事情发生，你可以选择成为一个毫无意义的牺牲品，也可以选择从中吸取教训。然后你会选择从中吸取教训。

每当有什么人找你来抱怨，你可以选择接受他的抱怨，也可以选择向他指出生活的积极面。然后你就选择指出生活的积极面。

你会发现，你眼前的一切，都是自己选择的结果。

我们活在一个选择的时代，选择学校、选择工作、选择朋友。但是与选择共存的条件是放弃，选择了一些，就意味着你不得不放弃另一些。

人生的路，靠自己一步步去走，真正能保护你的是你的选择。反过来也是如此，真正能伤害你的，同样是你的选择。

成长是一个不断选择的过程，面对人生无数个岔路口，每个人都做出了自己的选择。有人选择了坚强，放弃了懦弱；有人选择了奋斗，放弃了安逸；有人选择了独行，放弃了跟随。

选择比努力更重要，因为选择决定着人生的方向，引导着未来的发展，一旦选择出现错误，更多的努力只会带来更大的偏离。

人生的高度，一半始于个人的努力，一半缘于众多的选择。

人生的败笔，亦多是生于选择当中：一是不会选择，盲目攀高；二是不坚持选择，朝秦暮楚；三是不断地选择，似萍戏水，不懂坚持。

从现在起，开始谨慎地选择生活，不再轻易地让自己迷失在各种诱惑里，不需要回过头去关心身后的种种是非与议论。

愿你足够有担当，既然选择了远方，就只顾风雨兼程。

时过境迁之后的回头，都是庸人自扰

在生活中，摩羯是公认的“健忘症患者”，已经做过了的事，还是习惯性地再核实一遍，怕耽误的重要事情也宁愿再做一遍。

在感情里，摩羯很容易产生情感依赖，若是突然没有了依靠，就会变得不知所措。至于“能不能放得下”和“多久能放下”的问题，其实摩羯也没有答案。

哪有什么念念不忘，或者不可原谅，
时间一长，什么都好商量。

生活就像一本书，如果读得太深入，过分执着于每一个章节，你就会被自己的故事所伤。而如果读得太浅，你就会错过太多精彩的瞬间。

对生活，要学会辩证，喜欢就争取，得到就珍惜，错过就遗忘。

要知道，所有时过境迁之后的回头，都是庸人自扰。

容易幸福的人都有点健忘。遗忘已经过去的坎坷和委屈，把更多的精力用来记取眼前的快乐和未来也许会出现的曙光。这不但是感恩生活，更是让自己过得好一点的方式。

任何选择都有缺陷，没有什么决定是两全齐美的。如果你总是希望样样占全，那么你永远也做不出什么决定。当你最终按照自己的心意，而不是遵循原有的生活习惯，自己选择了方向与路途时，就不要抱怨，更不要后悔。

一个人只有能够勇敢地承担起自己的责任，才能在人生道路上留下无悔的足迹。

有些事情，只有经历了，才有穿透心扉的体验；曾经的人，只有从心底放下了，心灵才会真正地解脱。没有哪件事，能够一直捆住你的手脚；没有哪个人，能够霸占你的过去和将来。

所以，想做的事，只要有能力做，那就不要等，不要害怕失败；想付出的爱，只要觉得可以，那就大胆些，不要留下遗憾。

当初有些事，让我们刻骨铭心；曾经有些人，令我们难以释怀。

我们一路走来，告别一段往事，走入下一段风景。走远了再回头看，很多事已经模糊，很多人已经淡忘，只有很少的人与事与我们有关，牵连着我们的幸福与快乐，这才是我们真正要珍惜的地方。

有些事情，明明过去了，却仍然去固执地回忆、固执地想念；有些过客，明明走远了，却依旧会固执地去爱、固执地去恨；有些时候，明明感觉很累了，却还是要固执地支撑、固执地顽抗。

那些没有意义的人与事，就统统放下吧！还能固执给谁看呢？

一个人的固执，看似是牢固的盾甲，其实伤的是自己的心。

应付未来的唯一方法，就是把今天的事做得尽善尽美；应对过去的明智之举，是踏着往事上路。

青春是散场的电影，而时间却是一场烟花烂漫，生生不息。有时候看夏季走过的痕迹，当炎热弥漫你心，一转身，不见冷场的尘世间那一抹惦记。时过境迁，你永远不知道你遗忘了多少，又记得了多少。

愿你依旧信心满满地继续前行，错过了阳光，还会有彩虹。

蝴蝶飞不过沧海，没有谁忍心责怪

摩羯是谨慎的典型，不喜欢出风头，朴素保守，常常安静地做着自己关注的事情，这时常会与现实格格不入，而且往往会因为过分坚持自己的意见而吃亏。

摩羯不愿意轻易放弃自己的想法，喜欢和现实做持久的对抗，往往败下阵来的却是自己。

一边执着于自己的理想，一边是残酷的现实，若摩羯能把眼光放长远一点，就能够快乐很多。

人生是一条路。
是一条有许多岔路口的路。
人生没有完美，
遗憾和残缺始终都会存在，
懂得遗憾，就懂了人生。

每隔一段时间，你的内心深处就会产生一种莫名的悸动，周期难测，原因不明。这种微妙的情绪被现实琐事一再触动，终会爆发，令周围人费解；或许，你平时都是以超强的自制力把它打压了下去。

你知道，暂时的缓解只是表象，终有一天它会卷土重来。对此你并不想深究：未来的事，未来再说。

这就是你的负面情绪。

相信你已经喝过足够多的心灵鸡汤，听过太多遍“人生苦短，得过且过”。有了压力，耳边总会响起“包容”“忍让”等宽慰之语。

就这样，你硬撑着不属于自己精神高度的喜悦外表，内心却在一路遭受“烧杀掳掠”。你不但要批评自己心胸狭隘，更要压抑自己的真实想法。

可是，那些你抗拒的，永远都不会消失。

人性天生就有阴暗面。曾经，那些成长过程中遭遇到的管束和压抑，让你渐渐习惯了麻木和伪装——久而久之，苛求自己变成了一种常态。

你以为把自私、冲动、任性和不负责任的想法尘封起来就万事大吉，可它们却在你的逃避和退让下而更加嚣张跋扈。于是，你的情绪释放着、汹涌着，反复冲击着心灵的那扇门。

除了自己，没有人能够阻止这一切的发生。所以，就要这样顺其自然，负面情绪浮上台面时，你尽可以释放出来，以一种平静而非歇斯底里的方式，去拒绝或者去索取。

也许最初有点生涩，还带着些许歉疚，次数多了你就会发现，这没什么大不了的。你会接受失败，接受自己的无能为力，接受自己不是天才的完美之人。这是人生必修课。

慢慢你会发现，人们在触碰到你的底线之前会变得小心翼翼，而你，也不必再为伪装自己而心力交瘁。

接受自己的不完美，才能了解自己是怎样的人。就像蝴蝶飞不过沧海，没有谁忍心责怪。

那些我们曾经奋力指责的别人的错误，常常是我们不能容忍的自己的阴暗面。苛求自己的人其实更难善待别人；接受自己的不完美，是宽恕别人的开始；宽恕别人，也是正视自己内心的声音。

我们都想拥有一个更好的自己，与其带着负面情绪的镣铐上路，一味抗拒，不如与自己和解，因为人生路上，你永远不会失去的伴侣只有自己。

很多时候，我们能看清自己，却不能看明白自己的生活，隐藏着困惑的生活，其实是让我们的灵魂在幽暗深处思考。

或者就是因为生活中的这些莫名的悲喜，让我们知道保存一份温暖给自己是多么重要。把过往当作插曲，把未来当作梵音，然后满心欢喜地活在当下。

愿你依旧勇敢，勇敢爱，勇敢恨，勇敢面对世事无常，也勇敢接纳不完美的自己。

越相信自己做得好，就越能做得好

摩羯勤奋、执着、上进，属于大器晚成、厚积薄发的类型，一般都要通过长时间扎实的积累，才能取得想要的成绩。

面对他人的质疑与猜测，摩羯更需要对自己充满自信。因为相信自己的努力，已经付出了太多太多，任何一个需要做功课的地方都已经练习了无数遍，经得起任何人的考验。

张牙舞爪的人，往往是很脆弱的。
因为真正强大的人，是自信的，
自信就会温和，温和就会坚定。

一件事无论当初你怎么下定决心，不到结果出来那天谁也不知道会发生什么。所以与其担心，不如好好努力。扔掉你的犹豫，那只会浪费时间；扔掉你的担心，那只会让你分心。

你能做的，只有相信自己，并且尽力去做。记住你当时所下的决心，只要路是自己选的，就不怕远。

请你一定要相信自己，真正的生活就是一定要让自己变成那个你真心喜欢的样子。

如果你的背后中了冷箭，说明你走在他们前面；如果你会被他们伤到，说明你走得不够远，还在他们的射程以内。

所以不要停下来解释自己，要证明别人是偏见，唯一的办法就是证明自己是对的。为此你需要往前走，更努力，平静而从容。

年轻的你要明白，因为年轻，你必须为生活和事业进行各种折腾，并且没资格堕落。打一场漂亮的战争，成为有出息的人，就是你折腾的目的。

别为一时的不得志而沮丧，要相信自己，相信自己和别人是不一样的，你一定能行。

你要学着主宰自己的生活，即使孑然一身，也不算一个太坏的局面。不自怜，不自卑，不怨叹，一日一日来，一步一步走，那份柳暗花明的喜乐和必然的抵达，在于你自己的努力。

你已经坚持走了这么远，不要轻易放弃。要生活得漂亮，需要付出极大的忍耐，一不抱怨，二不解释。忘掉所有那些“不可能”的借口，去坚持一个“可能”的理由。

在成长的这条路上，能恰到好处地对着时间微笑的人，总是活得从容自信、不紧不慢，永远有充沛的时间和精力做喜欢的事、做该做的事。

时间面对这些心存美好的人时总是甘拜下风，一路绿灯地善待他们。

你只要再踏实一些，再努力一些，不用为成功着急，你想要的，岁月都会给你。

在成长的这条路上，只有奋斗才能给你安全感。不要轻易把梦想寄托在某个人身上，也不要太在乎身旁的冷语，因为未来是你自己的。

你要明白，你的一生，除了自己谁也不能为你负责。你要养成独立思考的习惯，不要随意附和别人；你要大胆地承担失败的后果。只要你认真做了，只要你比昨天做得好，就该为自己喝彩。

自认怀才不遇的人，往往看不到别人的优秀；愤世嫉俗的人，往往看不到世界的美好。

你要明白，抬头需要底气，低头需要勇气。只有勇于低头并能清醒地认识自己的人，才能够在人生的波峰波谷间笑傲风云。

图书在版编目(CIP)数据

我们都在大大的绝望里，小小地努力着 / 林小仙著.
—北京：现代出版社，2017.9
ISBN 978-7-5143-6416-3

Ⅰ. ①我… Ⅱ. ①林… Ⅲ. ①散文集－中国－当代
Ⅳ. ①I267

中国版本图书馆 CIP 数据核字(2017)第 238947 号

我们都在大大的绝望里，小小地努力着

著　　者	林小仙
责任编辑	赵海燕　毕椿岚
出版发行	现代出版社
通讯地址	北京市安定门外安华里 504 号
邮政编码	100011
电　　话	010-64267325　64245264（传真）
网　　址	www.1980xd.com
电子邮箱	xiandai@vip.sina.com
印　　刷	吉林省吉广国际广告股份有限公司
开　　本	880×1230　1/32
字　　数	132 千字
印　　张	7.5
版　　次	2018 年 2 月第 1 版　2018 年 5 月第 2 次印刷
书　　号	ISBN 978-7-5143-6416-3
定　　价	38.00 元